하이브리드 소녀

# 하이브리드 소녀

ⓒ장미, 2023

초판 1쇄 발행 2023년 4월 10일
초판 2쇄 발행 2024년 8월 12일
지은이 장미
펴낸이 김혜선 펴낸곳 서유재 등록 제2015-000217호
주소 (우)04034 서울 마포구 잔다리로7길 18(서교동 377-20) 504호
전화 070-5135-1866 팩스 0505-116-1866 대표메일 seoyujaebooks@gmail.com
종이 엔페이퍼 인쇄 성광인쇄
ISBN 979-11-89034-71-9 43810

바일라 017

# 하이브리드 소녀

장미 장편소설

서유재

차례

그럼, 시작해 보겠습니다.

# 시작하며

—

작가의 말

외계인이 처음으로 지구에 온 건 A.D. 3년 즈음이라는 설
이 있는데 확실하진 않다. 별을 보고 예수 탄생을 예측한 동
방박사가 가장 먼저 외계인을 목격했다는데 그것 역시 증명
된 얘기는 아니다.

지금까지의 과학 기술로 확인된 외계인의 지구 방문은
1922년이다. 하지만 그게 첫 번째 방문인지 아닌지는 아무도
자신하지 못하고 있다.

1922년 3월 16일 멕시코에서 태어난 루이스 미라몬테스
는 훗날 뛰어난 화학자로서 경구 피임약을 만들어 낸다. 이것

이 같은 날 지구에 와 미라몬테스 부친의 도움을 받은 외계인 덕이라는 설과 함께, 그가 하필 '피임약'을 만들었다는 것으로 많은 것이 설명되지 않느냐는 얘기도 있었다. 외계인의 지구 정착을 돕기는 했으나 혹시라도 지구인과 유전자가 섞이는 일은 막으려고 했다는 거다. 미라몬테스의 제자들은 경쟁 연구소의 음해라고 했다.

우주의 저 끄트머리 어딘가, 회색 돌덩어리로 굳어 가는 행성으로부터 푸르게 빛나는 지구로 피난 온 그들(자신들이 떠나온 행성의 이름을 말할 때 '앙베르'로 시작하여 어쩌구저쩌구 한참 더 무슨 발음들을 이어 나가기에 지구의 연구자들은 적당히 '앙베르'라 부르기로 했다.)은 처음에는 정해진 구역 안에서 자기들끼리만 살았다. 그러다가 세월이 흘러 지구인이나 외계인이나 세대가 변해 가면서 하나둘 접촉점도 생기고, 아는 이들끼리 알음알음 해 나가긴 했지만 서로 교통하는 사업도 생기고, 그러다 보니 사랑에 빠져 자기네 구역을 이탈하여 지구인들 속으로 숨어들어 간 외계인도 생겼다. 외계인이 처음으로 지구인과 합치게 된 것은 1990년 즈음이라고 하지만 그보다 훨씬 전이라는 의견도 많다.

외계인 또는 '앙베리안'이라 부르기도 한 그들은 대체로 조용하고 우아한 성품으로 알려졌다. 하지만 어떤 종을 하나의 성격으로 묶어 버릴 수는 없는 것이다. 산만하고 수선스러운 외계인도 있고, 차분함과 요란함을 수시로 넘나드는 외계인도 있었다. 지구인에 비해 뛰어난 능력이 있기는 했다. 근육과 피부 조직을 비교적 자유롭게 변화·생성(그들은 '적응력' 또는 '재생력'이라고 설명했다.)시킬 수 있었는데 덕분에 지구인들 속으로 숨어들어 가면 찾아내기가 쉽지 않았다.

그것 외에도 지구인에 비해 우월한 몇 가지 조건들을 가졌다고 하지만 왜곡되고 과장되어 전해지는 내용들이 많은 편이다. 워낙 전 우주에서도 꽤 열등한 편인 지구인과 비교를 하고 있으니 앙베리안에 대한 루머들이 왜곡 과장된 것은 당연한지도 모르겠다.

그러다가 다시 세월이 흘러 공식적으로는 외계인의 지구 이주 100년이 되는 2022년에 '하이브리드 커밍아웃' 사건이 생겼다.

미국의 유명 팝가수인 햄 스미스가 역사와 전통을 자랑하는 그래미상을 받으며 수상 소감을 말하던 중 '앙베리안이었던 아버지와 지구인인 어머니에게 오늘의 영광을 돌린다'고 한 것이다. 이후 인터뷰에서 아버지는 자기가 어렸을 때에 돌아가셨다고 말했다. 햄 스미스의 아버지가 진짜로 외계인이었는지 아닌지 논란이 많았지만 그는 다시 한번 자신의 SNS에 'Yes, right, I'm Hybrid. For the peace of all races!(네, 맞아요, 저는 하이브리드랍니다. 모든 혼혈종들의 평화를 위하여!)'라는 글을 남기며 '하이브리드'라는 단어를 세계적인 이슈로 만들었다.

한 번 물꼬가 트이자 지구 곳곳에서 커밍아웃을 하는 하이브리드가 나타나기 시작했다. 주로 연예인 같은 셀러브리티가 대부분이었지만 한 번씩 일반인인 경우도 있었다. 영국의 유명한 대학 도시 옥스퍼드에서 조용히 살아가던 서점 주인이 강제로 커밍아웃을 당한 일이 대표적인 예다. 전 여친이 서점 대문에 남자의 사진을 붙이고 그 위에 '하이브리드'라고 크게 써 두었다. 여자는 이것을 자신의 SNS에도 올렸다. 딱히 대단한 증거라 할 만한 내용이 없는데도 입을 꾹 닫고 있는 남자를 보며 다들 사실인가 보다 했다.

아무래도 평범한 직종에 있는 사람이 하이브리드 커밍아

웃을 하기엔 부담이 많았다. 어떻게든 하이브리드임이 밝혀지고 나면 이후에 사회적으로나 물리적으로 공격을 받는 일도 제법 있었다. 폭행을 당했다거나 밤사이에 가게 유리창이 깨졌다는 등 소문은 많았지만 뉴스에는 가끔씩만 나왔다.

공부하고 취직하느라 바쁜 사람들이 워낙 많은 대한민국에서는 하이브리드니 뭐니 딱히 먹고사는 데 상관없는 일들이 아직까진 큰 관심거리가 되지 못했다. 하이브리드에 대해 진지한 논쟁을 하는 것 자체를 회피하는 분위기도 있었다.

하지만 한국인 특성상, 한 번 하이브리드에 대해 비호감 분위기가 퍼져 나가게 된다면 꽤 심각한 사태가 벌어질 수도 있다는 전문가 의견이 있었다.

그런 와중에 경기도 토성시에 사는 평범한 열일곱 살 소녀 반은하가 자신이 하이브리드라는 사실을 느닷없이 알게 되었다.

반은하를 '평범한 소녀'라고 소개했으나 사실 이 세상에 단순히 평범한 존재가 어디 있을까? 모든 존재는 제각기 다른 개성과 가치를 지니고 있다. 누구와도 다른 똘끼(개성의 다른 표현이다.)를 지닌 반은하가 혼란 속에서 우왕좌왕하는 모

습을 지켜보던 나는 모든 이야기를 소설 형식으로 남기기로
했다.

그럼, 시작해 보겠습니다.

왓?! 이건 또 뭐니?

# 내가 하이브리드라니!

—

반은하

외계인 하이브리드는 이제 외국인 혼혈 정도로 흔한 일이 되었지만.

잠깐, 스톱!

그건 아니지.

대한민국에서는 외국인 혼혈도 흔하고 자연스러운 존재는 아닌 것 같다, 아직은.

초등학교 때 아빠가 인도라든가 스리랑카라든가, 아시아 어떤 나라 사람인 여자애가 있었다. 머리칼이 꼬불거리고 피부가 까무잡잡해서 '썩은 콩'이라고 불리며 놀림을 받곤 했다. 머리가 비상하여 소소한 과제나 시험은 물론 경시대회에 나가기만 하면 두각을 보이면서 '혼혈 유전자가 우수하다'는 논리를 입증하며 늘 당당했지만.

중학교 때에는 스위스라 했나 스웨덴이라 했나 하여간 백인 혼혈인 남자애가 있었다. 옆에서 보면 콧날의 흐름이 신비롭게 아름답고 눈동자에는 은하수가 흘러 여학생들은 물론이고 같은 남학생들조차 바라보다 침을 흘리곤 했다. 공부를 심하게 못하는 편이라서 '모든 걸 다 가진 자는 없다'는 논리를 입증하며 늘 해맑았지만.

여하튼 외국인 혼혈도 피곤할 정도로 관심을 끌어 모으는데 외계인 하이브리드라니. 차라리 외국인 혼혈이 낫지 않을까. 이건 정말이지 담담하게 받아들일 수 있는 일이 아니다.

최근 들어 연예인이나 셀러브리티 중에서 자신이 하이브리드임을 커밍아웃하는 일이 늘어나고 있긴 하다. 미처 밝히지 못한 채 죽어 버려서 그렇지 마이클 잭슨이 대표적인 하이브리드 연예인이라는 말도 있었다. 우리나라도 이제 슬슬 시작인 것 같다. 하이브리드 커밍아웃으로 오히려 이름을 띄우려는 신인 가수도 있었고, 배우 유재인이 하이브리드인 것을 밝혀 내겠다며 어그로를 끄는 유튜버도 있다.

뉴스를 보니 영국에서는 한 무리의 폭도가 오토바이를 타고 몰려가 하이브리드로 알려진 사람의 가게를 뒤엎어 놓은 사건이 있었다. 대여섯 명 정도의 복면을 쓴 무리였다. 이들이 지나가며 울려 대는 경적 소리가 아시아 어느 지역의 전통 리듬과 비슷하다고 해서 동양인들이라는 소문도 있고, 동양인과 하이브리드를 한 방에 처리하는 고도의 수법이라는 얘기도 있었다.

우리나라에서는 하이브리드라는 소문이 나면 학교나 직장에서 은근히 또는 노골적으로 따돌렸다. 동네에서는 무시하거나 괴롭혀서 오래 살던 터전을 버리고 밤도망을 치게 만들기도 했다.

실제로 하이브리드가 우리 주변에 더 많이 있겠지만 말도 안 되는 편견 때문에 아직은 다들 조용히 숨기고 있어 드러나지 않는 거라는 의견도 많았다.

외계의 종족과 혼합됐다고 해서 SF 영화에 나오는 괴물 같지 않다는 건 이제 어린애들도 모두 알고 있는 팩트다. 하지만 그래도 뭔가 '괴상하고 찜찜하다'는 게 대체적인 의견들이

다. 동성애를 반대하던 기독교 단체들이 이제는 하이브리드를 저주하며 시위를 하고 있는데, 그 옆에서 하이브리드 또한 주님의 창조물이라며 대응하는 시위를 하는 단체도 있었다.

그러거나 말거나, 난 잘 모르겠다.

깊이 생각해 본 적이 없어서.

난 세상사 그 무엇도 깊이 생각하고 집중하는 스타일은 아니다. 학교에서는 대체로 졸거나 엎드려서 지냈고 주말 같은 때엔 계속 누워 있다가 답답하면 어슬렁어슬렁 동네를 돌아다녔다. 애들도 없는 놀이터에 혼자 멍하니 앉아 있으면 비둘기들이 다가왔는데 개들도 가만히 보고 있으면 은근히 재미있었다. 아무것도 안 해도 시간이 잘만 갔다. 이렇게 살아도 쏠쏠한 재미가 있었다. 뜻밖에 만나게 되는 것들이나 문득 이상한 얘기를 주워듣는 경우도 많았다.

요즘엔 하이브리드를 주제로 한 얘기가 자주 들려왔다.

"크게 다른 건 없다잖아? 초능력도 없고."

"시시해. 실망이야."

"유전자 구조가 다른데 어떻게 외모가 똑같지?"

"근육과 피부 조직을 지구인화했다잖아."

"난 하이브리드 호감. 지구인은 이제 지겨워, 우."

"역시 진취적이야. 멋져."

"5반에 키 엄청 큰 남자애 있잖아. 걔가 하이브리드라던데, 사귀자고 해 봐."

"오옷, 정말?"

"네가 외계에서 먹히는 외모라니까. 크크크."

"외국도 아니고 외계라니. 크하하."

이런 와중에 '반은하―하이브리드 99%'라는 결과지를 받아 보았으니 내가 당황하지 않을 수 있었겠나! 이게 무슨 소리야, 내가 하이브리드라고?!

DNA 테스트를 신청할 때 이런 결과는 1도 예상하지 못했다. 몇 가지 자잘한 이유들이 있기도 했지만 내가 테스트를 한 가장 큰 이유는 엄마 때문이었다.


중3 겨울방학, 고딩이 되어 본격적으로 공부에만 집중하기에 앞서 나는 한번 활기차게 살아보기로 했다.

추운 날에도 전철을 타고 박물관이나 고궁에 가고 가끔씩은 만화책 읽으러 도서관에도 갔다. 주로 입장료 무료인 곳을

찾아다녔다. 크게 보면 교양과 지식을 쌓는다고 할 수도 있겠
으나 '동네 백수' 같은 내 캐릭터에 어울리는 활동들이었다.
고등학생이 되면 정말 공부 열심히 해야 한다는 마음이 내게
도 조금쯤 있었다. 열심히 놀다 보면 '아, 이만하면 되었다. 이
제 한번 공부에 몰두해 보겠어' 하는 생각이 드는 순간이 올
거라고 기대했다.

　그렇게 똥개처럼 꼬리를 흔들며 싸돌아다니다가 껌껌해
지니까 집에 기어들어 왔는데 늘 있던 엄마가 없었다.

　내가 역사박물관의 '관계자 외 출입금지' 표시가 된 문
앞(나는 항상 금지된 곳이 궁금했다.)에서 기웃대고 있었던 그날
오후.

　엄마는 스스로 119에 전화를 걸었다. 구급차가 오는 동안
가스불을 점검하고 거실 커튼도 여미고 코트를 입고 아파트
현관 앞에 나가 서 있었다. 그리고 도착한 구급차에 올라타는
순간 의식을 꺼 버리고(이제는 안다, 엄마는 의식을 잃은 게 아니라
꺼 버렸다는 걸.) 지금까지 병원에 누워 있다.

　멀쩡하던 엄마가 하루아침에 정확한 병명도 없이 '희귀하
고 연구해 볼 만한 상태'에 빠져 버리면서 졸지에 나는 집에

서도 완전한 외톨이가 되었다. 아빠 반진택 씨와 연년생 동생 반서하가 있긴 하나 아빠는 예전부터 아예 대놓고 동생만 예뻐했으니까. 애교도 없고 말주변도 없으면 가족 사이에서도 사랑받기 어렵다.

처음엔 엄마 걱정이 워낙 커서 다른 고민이 생길 틈이 없는 것 같았다. 주치의 선생님을 만나고 올 때마다 아빠 표정이 워낙 안 좋아서 눈치를 살피다 겨우 물어보면 "병원에서도 잘 모르겠나 봐. 괜찮을 거야. 엄마 일어날 거야"라는 말만 반복했다.

하지만 내가 고등학교에 들어가 봄이 지나가도록 엄마는 여전히 희귀하고 계속해서 연구해 볼 만한 상태에 머물러 있었다. 어쩌면 이런 상황이 꽤 오래 지속될지도 모른다고 생각하니 이제 슬슬 다른 걱정이나 불평거리들도 피어나는 거였다.

우선 제일 짜증나는 문제는, 아빠는 어쩜 저리 나에게 관심이 없나, 이거다.

열일곱 살이나 먹은 고딩이 '나는 주워 온 아이인가 봐' 하면서 징징대는 게 좀 웃기다는 걸 안다. 하지만 이건 그냥 담백한 팩트다. 엄마가 있을 때는 그래도 기본적으로 주고받는 대화라는 게 있었는데, 이제 집에만 들어오면 좀 너무하다 싶을 정도로 홀로 썰렁한 거다. 차라리 비둘기들과 함께 공원에 앉아 있는 게 화목하게 느껴질 지경이었다.

그러던 중 쉬는 시간에 책상에 엎드려 있는데, 앞자리에 앉은 아이 둘의 흥미로운 대화가 들려왔다.

"DNA 테스트?"

"응. 아빠가 우리 가족 전부 DNA 테스트를 했거든. 우리 아빠가 건강염려증이 좀 있어서 말이야. 그랬는데 글쎄, 내가 원래 근육이 많은 건강한 돼지 체질이라는 거야. 굶으면서 하는 다이어트보다는 마라톤 같은 걸 하라나. 어휴, 어쩐지 빵을 끊고 난리를 쳐도 소용이 없더라니."

"DNA 테스트를 하면 그런 게 다 나와?"

"응. 별거별거 다 알려주더라? 우리 할아버지가 간암으로 돌아가셨거든. 근데 우리 아빠는 유전될 확률 40퍼센트 미만이라고, 관리 잘하면 괜찮겠다 해서 아빠 완전 신났지. 그러면서 당장 맥주 한 팩 사들고 왔다가 엄마한테 등짝 맞고. 크크."

드라마에서 재벌가의 잃어버린 손자를 찾는데 가짜가 나타나 진짜 손자의 머리카락으로 유전자 검사를 조작한다는 얘기 같은 건 본 적 있었다. 하지만 평범해 보이는 가족이 DNA 테스트라는 걸 했다 하니 신선했다.

별생각 없이 검색을 해 봤는데, 오홋, 나만 모르고 있었지 이미 전 세계적으로 DNA 테스트가 유행인 것 같았다. 미국에서는 진즉에 엄청나게 많은 사람들이 테스트를 했고 2년 내에 미국인 전체의 75퍼센트 이상이 테스트를 마치게 될 거라고 했다. 우리나라에서도 간단히 키트만 구입해서 신청하면 앞자리 아이 말처럼 아직 걸리지도 않은 질병 가능성이나 탈모 가능성도 알게 되고 체질, 적절한 운동법 등 개인적인 내용들도 알 수 있어 좋다는 기사가 있었다.

그러다가 어떤 생각 하나가 번쩍 떠올랐다.

나야말로 DNA 테스트가 필요한 사람이 아닌가. 내 결과지를 보고 거꾸로 엄마의 병에 대한 정보를 얻게 될 수도 있고, 어쩌면 골수를 이식한다거나 엄마에게 도움이 될 만한 무언가를 알게 될 수도 있다. 나는 다이어트나 피부 관리에는 별 관심이 없지만 뭐, 예뻐진다면 좋겠지. 에이, 솔직히 말하

자. 나는 그냥 외롭고 심심하여 뭐라도 좋으니 새로운 이벤트가 필요했던 거다.

내 돈으로 할까 아빠 카드로 할까 3초쯤 고민하다가 아빠 카드를 쓰기로 했다. 애정도 못 받는데 돈이라도 써야지. 대신 아빠 것도 신청해 주지 뭐.

DNA 테스트를 한다는 건 일단 말하지 않기로 했다. 쓸데없는 짓을 한다고 미운털 하나 더 박힐까 봐 그런 것도 있고, 실제로 아빠와 나는 뭐 그리 세세한 일들까지 대화를 나누는 사이가 아니라서 그렇다.

"아빠 카드 좀."

"왜? 학원 등록?"

아빠가 멍한 표정으로 나를 향해 카드를 꺼내 줬다. 무슨 학원이냐, 학원비가 얼마냐, 열심히 해라 같은 말도 없었다. 간단히 해결하니 좋군.

그리고 일주일 뒤 택배가 도착했다.

어딘가 신비한 느낌마저 드는 하얗고 매끄럽고 단단한 상자였다. 텀블러 하나가 들어갈 만한 정도의 크기. 조심스레 열어 보니 투명하고 딱딱한 보호 케이스 안에 손가락보다 살짝 굵은 모양의 유리병 하나가 꽂혀 있었다. 뚜껑에는 파란색의 끈적한 보존액이 두툼하게 묻어 있고, 병의 옆면에는 빨간색으로 선이 그어져 있다. 함께 들어 있는 간이 깔때기를 이용해 빨간 선까지 침을 담아서 보내면 된다. 그거면 끝이다. 그러면 이제 내 존재의 근원이 밝혀지고, 어쩌면 엄마와 관련해서도 좋은 정보를, 무엇보다 앞으로 내가 나아갈 방향을 분명히 알려주며, 에, 또, 그리고 수많은 것을 알게 될 것이다.

아, 몰라. 뭔가 하나쯤은 확실히 알게 되는 게 있겠지. 그리고 재밌잖아!

아빠에게는 다시 한번 아무 말이나 했다.

"아빠. 양치하고 30분 후에 여기다 침 좀 모아 줘."

"이게 뭔데?"

"과학 실험이야."

"실험?"

"무슨 성분 검사야. 학교 가져가야 돼."

역시 간단히 해결. 혹시나 심각한 질병의 가능성 같은 게 드러나면 알려 드릴게요. 그런 일은 없을 것 같지만.

그렇게 키트를 완성하여 택배를 보냈다. 그리고 바로 다음 날부터 뜻밖의 사태가 벌어졌다. 엄마가 돌아가실 것 같다고 병원에서 연락이 온 거였다.

사실 그동안 엄마 상태가 심각하다면 엄청 심각한 게 분명했는데도 나는 엄마가 돌아가실 거라는 생각은 하지 않았다. 딱히 병명도 없다 하고, 엄마 스스로 연락하여 병원에 가서 저러고 누워 있는 거니까 어느 날 갑자기 스르륵 일어나 택시 타고 집으로 올 수도 있다는 생각이 들었다. 왠지 그런 기분이었다.

엄마가 워낙에 좀 특이한 캐릭터여서 더 그랬다. 주변에서 보는 엄마들이나 드라마에 나오는 아줌마들하고는 비슷한 구석을 찾기 어려운, 대단히 독보적인 인간형이랄까.

일단 엄마는 가족에 대해서나 자기 자신에 대해서 제법 큰일이 벌어져도 감정적으로 반응하기보다는 언제나 조용하고 약간은 기계적으로 대처했다.

서하가 여섯 살 때, 집 앞 놀이터 미끄럼틀에서 거꾸로 떨어져 머리가 깨지고 피가 철철 난 적이 있었다. 그때도 엄마는 전화기를 턱에 끼고 침착하게 구급대원과 통화를 하며 양손으로는 두르고 있던 스카프를 찢어 차분하게 응급 대처를 했다. 주변에서 "어떡해, 어떡해" 소리만 지르며 방방 뛰고 있던 다른 아줌마들하고는 달랐다.

그런 엄마가 언젠가 "아빠하고 은하는 코드가 안 맞는 건가, 너무 똑같은 건가"라고 혼잣말하며 고개를 갸웃하는 걸 본 적 있었다.

나는 그날 조금 놀랐다. 엄마도 아빠가 서하하고만 짝꿍인 걸 알고 있구나 싶어서. 엄마는 그렇게 섬세한 감정적인 문제는 이해 못하는 줄 알았는데. 그러면서 이어 든 생각은, 그걸 코드가 맞니 안 맞니 하면서 끝내다니 너무하잖아, 하는 거였다. 아빠가 노골적으로 작은딸만 예뻐하는 걸 느꼈다면 엄마로서, 한 집안의 아내로서 남편에게 뭐라 말을 해서 바로잡으려고 해 볼 수도 있지 않나. 그게 아니면 적어도 엄마가 가여운 맏딸인 내 손을 더 잡아줄 수도 있었을 텐데.

하지만 엄마는 아무것도 하지 않았다.

엄마는 늘 자기만의 세상 속에서 차분히, 고요히, 흔들리지 않고 존재했다.

맞다, 존재.

엄마는 살아간다기보다 존재했다는 말이 어울리는 상태

를 유지했다. 청소, 빨래, 식사 준비 같은 일들을 처리하고 나면, 일주일에 두 번 유기견 센터에서 알바를 하는 것 말고 대부분 베란다에서 식물들 사이에 앉아 있었다. "뭐 해?" 하고 물어보면 "그냥 있어"라고 했던가. 그 순간의 엄마는 목마른 식물 같은 표정이었다.

이제 와서 생각해 보니 엄마는 워낙 에너지가 좀 부족한 사람이었던 것 같다. 어쩌면 나하고 비슷한 면이 있다고 해야 하나. 가정과 사회에서 부대끼며 살아가기 위한 에너지가 넉넉지 않으니 감정적으로나 육체적으로 낭비하지 않으려고 가만가만 움직였다. 그러다가 끝내 완전히 방전되어 지금 저렇게 누워 있는 게 아닐까.

병원에서는 지금 엄마한테 시시한 수액이나 꽂아 넣고 있을 게 아니라 보다 정확한 충전 방법을 알아내야 한다. 그래야 엄마가 다시 반짝 눈을 뜨고 아무렇지 않게 일어날 수 있는 거다.

하지만 그런 일은 생기지 않았다.

엄마는 결국 돌아가셨다.

어쩐지 엄마에게는 '돌아가셨다'라는 말이 더 잘 어울리는 느낌이다. 우리 가족, 우리 집, 지구, 여기 이곳을 떠나 내가 모르지만 평화롭고 조용한 본향으로 돌아간 것 같다.

장례식은 그야말로 조촐했다.

엄마는 형제자매가 없었고 유일한 외가 친척은 에든버러에서 숙박업(호텔? 민박? 뭐가 됐든 여행 겸 찾아가 봤어도 좋았을 텐데 나는 전혀 몰랐다.)을 하고 있다는데 자리를 비울 수가 없어 오지 못했다. 아빠 쪽 친척들과 아빠 회사 분들, 학교 선생님과 임원 아이들 몇 명이 와 주었다. 어쩐지 큰 소리로 울거나 많이 슬퍼하는 사람도 없는 것 같았다. 다들 조용히 인사를 하고 잠시 머물다 갔다.

장례식 동안 가장 오래 내 손을 잡고 함께해 준 사람은 의외로 병원 지하 매점의 수정 언니였다. 엄마 때문에 병원에 드나들면서 알게 된 수정 언니는 처음 봤을 때부터 친근한 느낌이 들고 금세 친해졌는데, 장례를 치르는 동안 크게 의지가 되었다. 급히 알바를 구해 매점을 맡겨 두고 계속해서 내 곁에 있어 줬으니 더 말할 필요 없겠지.

수정 언니가 챙겨 주어 밥을 먹다 보면 내가 얼마나 배가 고팠는지 알게 되었고, 토닥토닥 어깨를 쓸어 주면 그제야 내가 떨고 있는 걸 알게 되었다. 그런 식이었다.

"은하야. 무슨 일 있으면 언제든지 연락해. 별일 아니라도 괜찮아. 언제라도 괜찮아."

친척도 아니고 원래 알던 사이도 아닌데 이렇게 마음을 열고 가까워질 수 있다니. 엄마를 잃었지만 수정 언니를 얻었다는 건 조금쯤 다행이 아닌가 싶기까지 했다.

장례식을 치르고 화장터며 납골당이며 정신없이 다니다가 삼우제까지 마치고 내 방에 들어와 앉아 있으니 비로소 현실로 돌아온 기분이 들었다.

"괜찮아?"

언제부터 있었는지 서하가 내 침대에 걸터앉아 물었다.

"응. 그렇지, 뭐."

"밥 먹어야지. 뭐 좀 시키자. 아빠가 돈 주고 갔잖아."

"아빠는?"

"아까 사무실 가 봐야 한다고 나갔잖아."

그렇구나. 또 나에겐 아무 말도 안 하고 서하에게만 돈도 쥐여 주고 갔구나.

다행인 것은 이런 경우 드라마나 옛날이야기 같은 데에선

동생이 못돼먹은 공주라서 언니를 하녀처럼 구박하는데, 서하는 그런 애가 아니었다. 늘 나에게 상냥하게 말하고 부드럽게 대하는 동생이었다. 적어도 우리 둘만 있을 때엔.

따뜻하고 얼큰한 것을 먹는 게 좋겠다는 서하 때문에 좋아하지도 않는 짬뽕밥을 시켰다. 한 그릇 다 먹고 나니 배가 불러서인가 조금은 느긋한 기분이 들었다.

그래, 괜찮아. 잘할 수 있을 거야. 원래 내가 부모님 잔소리나 엄마의 과한 집착 같은 거 모른 채로 자랐잖아. 나만큼 독립적인 고딩도 드물다고. 하던 대로 하면서 살던 대로 살면 돼.

긍정적인 마음과 용기를 셀프 충전해 가면서 기분 전환이라도 할 겸 인터넷을 열었는데 메일이 4개 와 있었다.

반은하 님이 신청하신 DNA 테스트 결과가 나왔습니다.

처음에는 무슨 스팸 메일인가 싶어서 멍하니 바라보고만 있었다. 그러다가 뒤늦게 머리가 윙 돌아가면서, 맞아, 내가 DNA 테스트 신청했지, 생각이 났다.

반은하

Hybrid 99%(Space 55%, Korean 28%, Japanese-Okinawa 16%)


으잉? 첫 줄부터 이해가 안 됐다.

영어로 쓰여 있어서 그런가. 차분히 다시 보니. 코리안이 28퍼센트고, 일본 오키나와가 16퍼센트. 그리고 스페이스가 55퍼센트? 스페이스? 그래서 결론적으로 하이브리드 99퍼센트라고? 내가? 내가 하이브리드라고? 외계인 하이브리드?

그 뒤에는 꽤 과학적으로 보이는 도표와 그래프도 많이 있었는데 별로 궁금하지도 않은 자료들을 상세히 보여 준 것이었다.

간단히 정리하면, 나는 비타민B와 철분을 항상 보충해야 하고, 근육 생성 가능성이 낮은 편이다. 하이브리드가 원래 토종 지구인보다 체지방이 높고 근육량이 적은 편인데 개별적인 차이는 있다고 했다. 뭐야, 안 좋은 거 같은데?

빨간색으로 'Genetic Risk—45세 이후 위장 질환 가능성 59%'라 쓰여 있는 게 눈에 띄긴 했지만 45세가 되려면 한참 남았는데 뭐. 그전에 지구가 멸망할 확률이 더 높을 것 같다.

쌍꺼풀이 없는 나에게 쌍꺼풀 확률이 53퍼센트라는 결과도 있었다. 이거 믿을 만한 거 맞아?

사랑을 줄 때 행복해지고 상처를 통해 배우는 사람이라는 글도 적혀 있었는데, 아니, 그건 누구나 그런 거 아니냐고요.

내가 좋아하는 삼겹살은 물론이고 수박, 참외도 나에게 맞지 않는 음식이라고 했다. 내장을 차갑게 만드는 음식류가 좋지 않다고 했다. 난 어릴 때부터 손발이 잘 시리고 겨울을 특히 힘들어했는데, 뭔가 맥락이 맞는 것 같기도 하고, 흠.

이런 믿거나 말거나 한 결과를 받으려고 내 돈은 아니지만 20만 원이 넘게 썼다니.

마지막 줄은 하이브리드 문제로 최근 들어 새롭게 이슈가 되고 있는 평화유지법 때문에 덧붙인 내용이 아닐까 싶기까지 했다.

반은하 님의 DNA 분석 결과, 반은하 님은 지구에서 살아가는 하이브리드인의 범주에 들어간다는 것을 알려드립니다.

하이브리드인과 토종 지구인 사이에는 크고 작은 차이들이 있습니다. 토종 지구인 안에서도 크고 작은 차이들이 있으며 그것은 하이브리드인 역시 마찬가지입니다. 결국 지구에 살고 있는 모든 인간류는 각기 다르면서도 서로 비슷합니다.

기억할 것은, 우리는 모두 우주(Space)에 속해 있다는 것, 그리고 우주의 주인은 너와 나, 우리라는 사실입니다.

For the peace of All Mankind!


그러니까 지금 나보고 하이브리드지만 당황하지 말고, 쌍꺼풀이 생길 수도 있으니 희망을 갖고 살아가라는 얘기인가.

그동안 하이브리드에 대한 기사를 읽었을 땐 남의 얘기니까 그런가 보다 하면서 넘어갔었는데, 내가 바로 하이브리드라니 마음이 너무나 요상했다. 평생 어디서든 튀는 일이라곤 없이, 있는 듯 없는 듯 묻혀 지내 왔는데 뉴스에 나올 만한 일이 내 인생에서 벌어지니 덜컥 겁이 나는 것 같았다. 인생이 너무 칙칙하고 우울해서 재미있는 일이 있을까 싶어 테스트를 한 거였지만 이런 식의 서프라이즈를 기대한 건 아니었는데, 정말.

메일이 세 개나 더 남아 있으니 복잡한 생각들은 뒤로 밀어 놓고 일단 다음 메일을 열어 보기로 했다.

이번에는 아빠의 DNA 테스트 결과였다. 정보를 입력할 때 메일 주소나 전화번호를 모두 내 것으로 적었더니 아빠에 대한 결과 역시 나에게 온 거였다.

반진택

East Asian 99%(Korean 66%, Chinese 18%, Japanese-kyushu 13%, Mongolian 2%)

아빠는 중국, 일본, 몽골까지 섞이긴 했으나 스페이스 따위는 섞이지 않은 순수한 지구인이라는 얘기였다. 역시.

섬세하고 예술적 성향이 높다는 결과를 보면 테스트의 신빙성이 매우 떨어지는 것 같았지만 일단 그냥 넘어갔다. 유전병 위험도에서는 55세 이후에 위와 췌장 순으로 그래프가 제법 높았는데 현재 보유한 질병인자는 없었다. 육류가 적합하나 쇠고기는 맞지 않는다고 했는데 어차피 가격 때문에 우리는 돼지고기만 먹으니 상관없었다.

마지막에는 나하고 비슷한 얘기가 어쩌구저쩌구 길게 쓰

여 있었다.

한 마디로 요약하면.

'반진택 님은 토종 지구인이지만 하이브리드 따님이 있을 수도 있으니 미지의 존재를 향해 마음을 여세요. 인류의 평화를 위하여!'

헐.

아빠에게 급히 알려줘야 하는 내용은 하나도 없다. 테스트를 비밀로 하길 잘했지.

그런데 아빠와 나의 관계는 어떻게 되는 건가? 아빠는 지구인이고 나는 하이브리드라면, 내가 아빠 친딸이 아니라는 건가? 그래서 아빠가 늘 나한테 냉랭하게 굴었나?

아니면 엄마가 하이브리드였는데 아빠 엄마가 섞여서 내가 하이브리드가 된 건가? 엄마가 원인 모를 의식불명 상태에 빠졌다가 반년도 되지 않아 돌아가신 게 하이브리드하고 관계가 있는 걸까?

그런데 엄마가 하이브리드였다면 아빠는 그걸 알고 있었을까? 아니야. 엄마도 하이브리드는 아니었던 것 같다.

만약 하이브리드였다면 병원에서 뭔가 알아냈을 텐데 아

무 말도 없었잖아. 아닌가? 온갖 검사들을 다 하고 나서 기껏 한 말이라는 게, 대단히 희귀하고 연구해 볼 만한 상태라고 했잖아. 그게 하이브리드라는 뜻이었나?

테스트만 하고 나면 내 인생에 도움이 되는 정보들을 알게 될 줄 알았는데, 그래서 재미있고 신나는 일들이 생길 줄 알았는데 오히려 바닥이 보이지 않는 미궁에 빠져들고 있다.

엄마마저 돌아가셨으니 99퍼센트 지구인인 아빠에게 뭘 물어볼 수도 없는데 어쩌면 좋아. 하아.

세 번째 메일을 열어 보려는데 이번 것은 위의 두 개와 뭔가 달랐다. 가만히 보니까 앞의 두 개는 내가 DNA 테스트 키트를 구입한 젠트리온이라는 회사에서 온 메일이었는데 세 번째, 네 번째 메일은 KDA(한국DNA협회)라는 데에서 온 거였다.

Close Family 1명.

반은하 님의 DNA와 50% 이상 일치하는 김** 님(강원도)이 있습니다.

김** 님과 매칭을 원하십니까?

왓?! 이건 또 뭐니?

아빠에게 온 마지막 메일도 열어 보았다.

Close Family 1명.

반진택 님의 DNA와 50% 이상 일치하는 S*** 님(독일)이 있습니다.

S*** 님과 매칭을 원하십니까?

도대체 지금 이게 무슨 말씀인지?

정신이 혼미한 가운데 집중력을 끌어 모아 다시 끝까지 읽어 보니 설명이 있었다.

DNA 테스트를 하는 근본적인 이유는 개인의 질병을 예방, 관리함과 더불어 새롭게 진화, 변이하는 질병을 연구하기 위함입니다. 따라서 KDA(한국DNA협회)에서는 WDA(세계DNA협회)와 연계하여 등록된 공인 검사기관의 DNA 자료를 공유하고 있습니다. 그 결과 50% 이상 일치하는, 즉 가족으로 분류되는 경우가 나타나면 양측에 결과를 통보한 이후, 동의하시면 상대의 메일 주소를 알려 드립니다. 가족 관계에서는 일부 질병에 대해 상호 도움을 주고받을 수 있습니다.

가만있어 봐. 그렇다면 지금 강원도에 내 가족이 있고 독일에는 아빠의 진짜 가족이 있다는 말인가?

아하. 그러니까 강원도에 사는 김땡땡 님이 나의 친아빠이고, 독일에는 우리 아빠의 진짜 딸인지 아들인지 모르는 에스 삐리리가 있다는 얘기구나. 그래서 만약 이상한 병에 걸리면 아빠 말고 김땡땡 님에게 얘기해서 도와 달라 해야 되는구나. 새아빠인 김땡땡 님은 나를 귀여워해 주시려나. 아빠는 노후에 독일의 에스 삐리리와 코리아의 서하에게 용돈 받으면서 즐겁게 사시면 되겠네. 어우야, 대박이다, 정말.

뭔가 머릿속이 부글부글 끓는 듯 복잡하고 심장이 빠르게 쿵쾅쿵쾅 뛰면서 체온도 막 올라가는 것 같았다. 방 안이 더워서 창문을 열다가.

앗! 잠깐!

마지막에 뭐라 그랬지?

양측에 결과를 통보한다고?

그 말인즉, 지금 강원도의 김땡땡 님과 독일의 에스 님에게도 이런 메일이 갔다는 말이잖아.

오 마이 갓!

누구 마음대로 연락을 하니.

망했어, 나 어떡해.

그리고 나는 누구인가요.

# 헬프 미, 수정 언니

–

반은하

내가 하이브리드라는 것도 적응이 안 되는데 아빠와 나의 각기 다른 가족까지 알게 되다니. 게다가 그들 역시 내 존재를 알게 되었다니, 멘탈이 도저히 정리할 수 없을 지경으로 와장창창 깨지고 엉망이 되었다. 정말이지 이건 내 머리 용량을 초과하는 문제다.

이럴 땐 어떻게 하지?

헬프. 에스오에스.

119에 연락할까?

저기요, 우리 집에 하이브리드가 나타났어요. 어떡하죠?

친아빠는 강원도에 있대요. 어떡해요?

아, 미친.

믿을 만한 사람에게 털어놓고 냉정한 의견을 들어봐야 한다. 그런 사람이 있나? 어, 음…… 아, 수정 언니!

전화를 걸어 볼까, 카톡을 보낼까, 고민하다가 그냥 찾아가기로 했다.

"밤이 다 됐는데 갑자기 어딜 가는 거야?"

서하가 외치는 소리를 못 들은 체하고 달려 나갔다.

지금 나에게 가장 중대한 문제는 이거라고. 내가 하이브리드라는 거. 그리고 아빠 딸이 독일에 있다는 거. (어쩐지 딸일 것만 같다. 나보다 모든 면에서 괜찮은 딸. 흑.) 내 진짜 아빠는 강원도에 있다는 거.

지난 몇 달간 일주일에 몇 번씩 드나들었던, 그때마다 느낌이 좋지 않았던 병원에 도착, 오늘은 다른 종류의 불안감을 부둥켜안고 지하 매점으로 달려 내려갔다.

"언니."

사실 서른이 넘었으니 '언니'라고 부르기엔 좀 그렇지만 다람쥐 같은 귀여운 얼굴에 '편하게 대하라' 해 주기에 그냥 반말을 해 왔다.

"어, 은하야. 왜 그래?"

갑자기 나타나 헐떡거리는 나를 보고 좀 놀란 것 같았지만 금세 아무렇지도 않게, 가게 정리하려던 참이니 로비에서 조금만 기다리라 하는 수정 언니. 8시가 되려면 30분도 넘게 남았는데 나 때문에 일찍 닫는 거다. 너무 미안하지만 오늘은 내가 워낙 범우주적으로 심각한 상황이니 염치 불구해야겠다.

로비에 앉아 숨을 고르며 둘러보니 밤이 시작되는 병원의 로비는 낮의 병원하고는 역시 다른 느낌이다.

엄마가 병원에 있던 시절, 밤에 집으로 돌아갈 때면 '오늘 하루도 그럭저럭 버텨 냈구나' 하는 마음이 들곤 했다. 보호자들도 있고 퇴근하는 병원 직원들도 있겠지만 조금씩은 처진 어깨를 하고 돌아가는 사람들. 그 뒷모습을 보면 모르는 그들을 향해 '굿잠 하세요. 밤새 푹 쉬세요' 하는 인사가 절로 우러나온다고나 할까. 누군가 위로해 주고 싶고 나도 위로받고 싶은 쏩쏩달콤한 분위기가 감돌았다.

건물 안은 워낙 불빛이 환해서 낮과 다를 바가 없는데도 밤이 되면 밤이라는 걸 몸이 알 수 있었고 이제는 쉬어야 한다는 기분이 들었다. 그런 마음이 내 주변의 모든 분위기를 아련하게 만들었다.

오늘 밤 나에게도 잘 자라는 인사와 기도가 필요한데.

불면증이라는 건 한 번도 경험해 본 적 없지만 어쩐지 오늘 밤은 잠들기 어려울 것 같다는 생각이 들었다.

그때, 코앞으로 바나나 우유가 쓱—.

역시 수정 언니다. 우유는 숙면에 도움을 준다지.

"오늘은 집에서 쉬고 있을 줄 알았는데 갑자기 무슨 일이야?"

정신없이 다 털어놓는 것만으로도 짐을 덜 수 있을 것 같아 달려왔는데 막상 내 눈을 들여다보는 수정 언니를 보니 무슨 말부터 시작하면 좋을지 모르겠다.

"그러니까 언니, 내가, 얼마 전에, 테스트를 해 본 게 있는데……."

말을 멈추고 쭈뼛대고만 있어도 언니는 다그치지 않고 가만히 기다려 주었다. 천천히 해도 돼, 괜찮아, 그런 눈빛으로.

"그러니까, 언니 혹시, DNA 테스트라고, 알아?"

수정 언니가 시원하게 미소 짓는 것으로 대답을 대신했다.

"내가 그걸 했거든. 아빠 카드를 몰래 긁어서. 난 혹시 엄마 한테 도움 될 만한 걸 알게 될까 싶어서 한 거였지."

"그랬구나."

"그런데……."

말이 나오질 않는다. 아니, 무슨 말부터 해야 할지 모르겠다.

"그런데?"

"언니. 내가 지금 너무 복잡해서 아무렇게나 막 말할 테니 까 잘 정리해서 들어."

그러고 나서 우다다다…….

정신없이 얘기를 쏟아 내는 동안 언니는 한 마디도 하지 않고 차분히 듣고만 있었다. 그러다 마침내 내가 모든 걸 토 해 놓고 지쳐서 늘어지자 천천히 고개를 끄덕였다.

"자, 정리를 하면, 너는 DNA 테스트를 했어. 그 결과 너는 하이브리드 99퍼센트, 아빠는 토종 지구인 99퍼센트래. 그리 고 네 가족 추정인이 강원도에 있고, 아빠의 가족 추정인이 독일에 있대. 지금 강원도와 독일에도 서울에 너와 아빠가 있 다는 메일이 갔고. 아빠는 이 모든 걸 모르는 상태. 됐어?"

"하, 깔끔하네."

"이제 나도 아무렇게나 말할 테니까 대충 들어. 은하야. 나는 하이브리드가 아니지만 오래전 집안 식구 중에 하이브리드가 있었어. 일부러 숨긴 건 아닌데, 그렇다고 떠들고 다닐 일도 아니라 말 안 했어. 너니까 믿고 말하는 거야."

언니가 워낙 아무렇지 않은 표정과 말투로 슥 얘기를 해서 그런지 크게 놀라는 표정을 짓는다거나 '와우' 같은 소리를 내지는 않았다. 하지만 속으로 '쿵' 하면서 뭔가 크게 부딪힌 것 같은 느낌이 들고 가슴이 울렁거렸다. '아, 역시' 하는 생각도 들었다. 그러나 아무 말 하지 않고 고개만 조금 끄덕거렸다.

"마음을 가라앉히는 데에 도움이 될지 모르겠지만, 의외로 우리 주변에 하이브리드가 많이 있어, 은하야. 내 생각엔 너희 어머니도 하이브리드가 아니었을까 싶다. 정확하진 않지만. 어쨌든 지금 네가 그걸 알게 된 건 정말 잘된 일이야. 나한테 얘기한 건 더욱 잘한 일이고."

"아빠도 모든 걸 알고 있는 걸까?"

"글쎄…… 지금까지 아무 말씀 안 하신 걸 보면 모르고 계실 수도 있고."

"독일의 에스 님은 어쩌지? 강원도의 김땡땡 님보다 독일의 에스 님이 더 신경 쓰여."

"메일 주소를 다 네 걸로 해 뒀으니까 그쪽에서 먼저 너한테 연락이 올 수도 있지. 급할 거 없으니까 천천히 생각해. 연락 오면 나한테 또 알려주고."

"DNA가 50퍼센트 넘게 일치하면 가족으로 정리하는 게 맞지?"

"일란성 쌍둥이도 유전자가 100퍼센트 일치하진 않잖아. 부모 자식의 경우는 절반 정도 동일하고, 3촌으로 벌어지면 25퍼센트로 내려가고. 그런 식으로 계산하는 거 아니야? DNA 일치 50퍼센트 이상이라고 했으면 직계가족이거나 친형제자매일 확률 99퍼센트라고 알고 있는데?"

"응, 그런 거 같아. 과학 시간에 배웠던 거 같아."

나도 알고 있었지만 다른 사람이 말하는 걸 듣고 확인하고 싶었나 보다. 이건 현실이고 빼박이라고.

"근데 언니도 우리 아빠 봤지? 답답한 범생이 스타일인데 숨겨 놓은 딸이 있었다니, 그것도 글로벌하게. 정말 놀랍지 않아? 흥."

"숨겨 놓은 딸? 딸이라고 누가 그래? 네가 모르는 아버지의 형제일 수도 있잖아."

"아니야. 우리 아빠가 형이랑 여동생 하나씩 있거든. 큰집에 자식이 없어서 우리 아빠 어렸을 때 양자로 보내려고 하다가 할머니가 고집해서 그냥 키웠다는 얘기도 들은 적 있었다고. 큰아빠랑 고모 둘 다 한국에 살고 있고 다른 형제는 없어. 사촌도 없고 가까운 친척도 없어. 확실해."

"그래?"

수정 언니도 사실은 '숨겨 놓은 딸'일 거라고 생각하면서 괜히 내 앞에서 아닌 척하고 있는 거다. 나는 다 느낄 수 있었다.

"아니다, 아들일 수도 있겠다. 딸은 서하로 충분하니까 아들 하나 있으면 딱 좋으시겠네. 안 그래?"

빨대로 바나나 우유를 마시다가 갑자기 스톱 자세로 나를 보며 언니가 말했다.

"서하? 어렸을 때 죽었다는 네 동생 말이야?"

……아, 그렇지. 서하는 죽었지.

서하가 죽은 지도 십 년이 돼 간다. 그런데도 나는 아직 날마다 서하를 보고 서하하고만 대화를 나누며 지낸다. 서하하고만 얘기하는 건 아니지만 적어도 가장 많이 이야기 나누는 상대이기는 하다. 이거, 안 좋은 건가?

서하에 대해 생각하는 순간, 뜬금없게도 강원도의 김땡땡 님에게 메일을 보내야겠다는 결심이 섰다. 내 동생 서하는 죽었고, 엄마도 돌아가셨고, 나는 하이브리드인데, 나하고 DNA가 50퍼센트 넘게 일치한다는, 나의 진짜 아빠일지도 모르는 김땡땡이라는 사람은 어떤 사람인지 알고 싶어졌다. 아빠의 DNA와 50퍼센트 넘게 일치하는 에스 님에 대해서는 좀 더 생각해 봐야겠지만 나의 가족 확률 99퍼센트 김땡땡 님에게는 연락을 하겠다.

당신은 누구인가요, 김땡땡 님.

그리고 나는 누구인가요.

알고 싶어요.

이웃이라고 모두 사이좋게 지내는 건 아니잖아.

# 병원에서 일하는 이유

—

이수정

반은하에게 거짓말을 한 건 아니다.

오래전 우리 가족 중, 아니, 가족이라 할 수는 없지, 우리
집에 하이브리드가 하나 같이 살았다. 쓸데없이 정이 넘치던
엄마가 어디에서 데려와 학교도 보내 주고 가끔씩은 집안일
도 같이하곤 하던 언니였다.

하루는 언니 때문에 집에 불이 났다. 마침 수학여행으로
집을 떠나 있었던 나는 다행히 화를 면했지만 엄마는 크게 다
쳐 결국 돌아가셨다. 언니는 하이브리드의 특징인 초재생능
력 덕분에 살아났고, 조금은 미안해하는 표정을 지으며 멀쩡

히 걸어서 집을 나갔다.

나를 안고 우는 척을 했던가, 안 했던가.

하이브리드가 육체적으로 변형이나 재생이 잘된다는 건 알고 있었지만 죄책감이나 슬픔 같은 심리적인 문제도 대단히 빠르게 치유된다는 건 그때 알았다. 그게 아니면 아예 죄책감이나 미안함, 슬픔, 아픔 같은 감정은 모르는 종자인가?

나는 하이브리드가 아니라서 아직도 그때 받은 마음의 상처가 낫지 않았다. 이건 인간이라면 평생 치유될 수 없는 아픔, 슬픔, 괴로움이다.

반은하가 하이브리드라고 고백하기 전부터 나는 그 가족을 살펴보고 있었다. 특히 걔네 엄마.

그 여자가 병원에 들어오던 날부터 모든 것들을 기록해 두었다.

자기 스스로 전화를 걸어 구급차를 부르고 아파트 경비실 앞에서 기다리고 있던 여자. 차에 오르자마자 코마에 빠진 여자가 모든 시그널이 엉망으로 나온다는 얘기를 들었을 때 살짝 감 잡았다. 아마 병원에서도 다들 의심했을 텐데, 그 여자의 모든 체내 요소들이 다 망가져서 분명하게 확인을 못 한 것뿐이다.

그 여자로서는, 살아갈 날을 마치고 평범한 지구인처럼 병원에서 마무리하는 액션을 취하는 게 남은 가족을 위해서 최선이었을 거다.

비겁하고 교활한 종자들.

그 여자가 하이브리드였으니 그 딸도 당연히 하이브리드다.

하이브리드는 동성애자와 다르다. 다양성을 인정해 주고 함께 살아야 할 인간이 아니다. 그것들은 지구인도 아니고, 정말 좋게 말해 줘 봐야 '이웃'이라고 할 만한 존재다.

하지만 이웃이라고 모두 사이좋게 지내는 건 아니잖아. 내가 이사를 갈 수는 없으니 대신 멀리 치워 버려야 하는 이웃도 있고, 그게 안 되면 어쩔 수 없이 파묻어 버려야 하는 이웃도 있다.

죽어서 나가든 퇴원해서 나가든 내 눈앞에서 안 보인다고 끝나는 것도 아니다. 그런 족속들이 이 나라에서, 적어도 이렇게 큰 도시에서 당당하게 살아가면 안 된다는 거다. 그런 것들은 모두 깊은 산속 동굴 안에 들어가 흙이나 파먹으면서 지내야 한다. 외계인 구역을 정해 놓고 그 안에서만 살게 하던 시절이 좋았다. 그 정도로 해 줬을 때 감사한 줄 알고 가만히 있었으면 좋았을 텐데, 자꾸만 바깥으로 기어 나오더니 이제는 아주 지구를 통째로 집어 삼키려고 한다.

매점도 좋고 청소 일도 좋고 뭐가 됐든 큰 병원에서 일하고 싶었다. 병원에 있어야 이런저런 정보도 일찌감치 알게 되고 돌아가는 상황들도 가까이서 살펴볼 수 있다. 일반인들은 쉽게 구할 수 없는 다양한 약품들이 가까이에 있는 것도 좋다. 다행히 주택가와 멀지 않은 곳에 있는 제법 큰 병원에 들어올 수 있었다. 권리금을 더블로 내느라 엄마 보험금이며 가진 돈을 다 쏟아 부었지만 그만한 가치가 있었다.

지금도 관심을 갖고 지켜보는 놈이 하나 있다. 반은하의 엄마와 비슷한 케이스다. 부인이 떠나고 없어 대학생 아들이 보호자로 되어 있는데 너무나 괜찮은 청년이라고 칭찬들이 자자하다. 아마 부인은 지구인이었고 아들이 하이브리드겠지.

하이브리드가 멀쩡히 대학을 나와 직장을 구해 이 사회의 일원이 되어 살아간다고? 안 될 소리. 외계인 놈들이 지구의 주류로 밀고 들어오는 동안 힘없는 지구인들은 죽거나 비주

류가 되어 외곽으로 쫓겨 떠돌고 있다. 그게 말이 된다고 생각해?

나는 더 이상 참지 않기로 했다. 놈들이 제 발로 멀리멀리 떠나가도록 온 힘을 다 바치기로 결심했다. 그것들이 우리 몫을 다 빼앗고 지구를 차지하도록 내버려 두느니 차라리 모든 게 뒤집히고 폭발해 버리는 대혼란의 세상을 만들겠다.

반은하의 엄마에 대한 기록은 끝났지만 이제 그 딸에 대해서 기록을 시작하며 작업해 나가야겠다.

내 사명은 분명하다.

나는 하이브리드 사냥꾼이다.

. . . . . . . . . . . . . . . . . . . . . . . .

.

50퍼센트 형제님, 누구신가요.

# 50퍼센트 가족

—

김조선

Close Family 1명.

김조선 님의 DNA와 50% 이상 일치하는 반** 님(서울)이 있
습니다.

반** 님과 매칭을 원하십니까?

엄마의 권유로, 권유라기보다는 강요에 가까웠지만 하여
튼, DNA 테스트를 한 지 일 년이 넘었다.

엄마는 DNA 테스트가 필요한 이유를 분명하게 밝혔다.

"내가 널 낳았지만 나는 하이브리드가 아니잖아. 너에겐

하이브리드 핏줄이 있어야 돼. 만일의 경우를 위해서."

"만일의 경우라는 게 뭔데?"

"만에 하나 정도 있을 만한 일이 생기는 거니까 내가 지금 딱 짚어서 말할 순 없지. 예측이 쉬우면 만에 하나가 아니잖아."

"예측도 할 수 없는 만에 하나를 위해서 아까운 돈을 버리자고?"

"보험 같은 거라고 생각해. 이 정도면 아주 싼 보험이야. 세상이 보험으로 다 보장되는 건 아니지만."

"……아빠가 있잖아."

"네 아빠야말로 예측 불가지. 지구에 있는지 외계로 갔는지조차 예측이 안 되는."

아빠 얘기가 나오자 더 이상 할 말이 없어지고 반대할 의욕도 사라졌다. 할 수 없이 DNA 테스트를 받았지만 엄마가 원하던 하이브리드 핏줄 같은 건 소식도 없었다. 온갖 쓸데없는 정보들만 알게 됐을 뿐.

처음 얼마간은 엄마도 나도 우리에게 맞는 음식이나 운동법 같은 것을 지켜가면서 노력을 했다. 하지만 얼마 있지 않아 원래 먹던 대로 먹고 살던 대로 살았다.

"맨날 풀이랑 생선만 먹을 거면 뭣 하러 오래 사냐? 먹고 싶은 건 먹으면서 살아야 진짜 건강해지는 거야."

빵과 커피, 고기와 맥주를 먹으면서 엄마가 종종 하는 말. 억지로 수영장에 한 달 다니다가 물 공포증만 심해져서 그만둬 버린 나로서도 동의하는 내용이다. 수영장 물을 보기만 해도 머리가 아픈 나에게 '땅에서 하는 운동보다 수중에서 하는 운동이 적합하다'라는 게 웬 말이냐고.

어쨌든 그렇게 나름대로 행복하고 평화로운 일상을 살고 있었는데 갑작스런 메일이 날아왔다. 나는 많이 당황했지만 엄마는 뒤늦게 도착한 보험증서인 양 뿌듯해했다.

"오, 이럴 줄 알았지. 네 아빠가 그래도 내 기대를 완전 저버리진 않았다. 하하하."

"그렇게까지 좋아할 일은 아닌 것 같은데."

"왜 안 좋아? 이 지구 위에 내 아들이랑 DNA가 50퍼센트 넘게 일치하는 사람이 또 하나 있다는 걸 알게 됐는데. 너무 잘됐지."

"그게 그렇게 중요한 거야?"

"중요하다기보다 보험 같은 거라니까."

엄마가 원래 저런 사람이 아니었는데, 재작년에 제법 큰 수술을 하고 나더니 마음이 약해졌는지 자꾸만 DNA 타령, 보험 타령이다. 그다지 동의하지 않지만 따지면서 말싸움하고 싶지는 않다. 엄마가 좋아서 웃으면 나도 좋으니까.

그래도 나도 모르게 삐딱하게 앉아서 메일을 노려보고 있었더니 엄마가 방을 나가려다 말고 돌아보며 말을 보탠다.

"궁금하지 않아? 형인지 누나인지 모르지만 누가 있다잖아."

그러더니 한 마디 더.

"내 생각엔 너보다 한 스무 살 가까이 많은 형님일 거 같아. 네 아빠라면 충분히 가능한 일이지. 암. 하하."

내가 올해 열다섯 살이니 나보다 스무 살쯤 많으면 서른이 넘은 거다. 아빠가 올해 오십이니까 그렇다면 아빠가 스무 살이 되기 전에? 흠, 불가능한 건 아니겠군.

어쩌면 나이 서른이 넘은 나의 '보험 형님'은 내가 아니라도 이미 갖고 있는 다른 보험들이 많아서 나한테 별 관심이 없을 수도 있다.

그리고 하이브리드인 아빠를 봐서 잘 아는데, 하이브리드가 토종보다 책임감이나 가족애 같은 게 부족하면 부족했지 조금도 낫지 않다. 그러니 진짜로 내 보험이 될 수 있을지 보장하기 어렵다고 본다, 나는.

엄마는 밤 당직이라 출근을 하고, 나는 어제 찍어둔 '매콤한 닭봉 조림' 영상을 유튜브에 올리기 위해 편집 작업에 들어갔다. 정확한 이름도 모르는 보험을 챙기는 것보다 현실적으로 내게 필요한 일이다. 이래봬도 내가 구독자가 많진 않지만 나름대로 고정 팬도 있는 유튜버 '요리소년'이다.

유튜브 제목을 정할 때 '하이브리드 요리소년'이라고 할까 잠깐 생각도 해 봤었다. 하이브리드라도 평범한 일상을 산다는 걸 보여 줄 수 있을 것 같아서 그런 거였다. 하지만 결국 그 말은 빼기로 했다. 하이브리드인 것을 숨기려는 건 아니지만 굳이 떠벌려서 좋을 게 없을 것 같았고, 무엇보다 요리 얘기를 하려고 만든 채널인데 괜히 다른 쪽으로 관심이 쏠리게 될까 봐 그랬다.

하지만 조회수도 제법 되는 유튜버로서 한 번씩 고민이 되는 순간도 있다.

얼마 전에는 요즘 애들 사이에서 꽤 인기가 있는 힙합 가수 '아즈라엘'이 커밍아웃을 했다. 결과는? 당연히 대혼란. 어쩐지 응원해 주고 싶은 마음이 들어 특별한 멘트를 붙이진 않고 아즈라엘의 뮤비를 하나 업로드했다. 그랬더니 당장 반응이 왔다.

ㄴ, 이거 왜 올린 거예요?

ㄴ, 요리소년 취향이 하이브리드? ㅋㅋㅋ

ㄴ, 나 아즈 좋아했는데 완전 정떨어짐. 우웩~

ㄴ, 요리소년 아즈 팬 인증?

내 댓글창도 대혼란. 평소 댓글들에 답을 꼭 해 주는 편이었지만 이번에는 무슨 말을 하면 좋을지 모르겠어서 그냥 조용히 있었다.

그러고 일주일이 지난 오늘, 나의 시그니처 메뉴라고 생각하는 '닭봉 조림'을 새로운 버전으로 올리려는 거다. 아무래도 내 유튜브는 요리에만 집중하는 게 좋겠다.

초등학교 6학년 때부터 '요리하는 소년 김조선'이라는 브런치를 만들어 레시피도 정리해 두고 완성된 요리 사진을 찍어 올리곤 했다.

브런치에 처음으로 올린 요리 사진은 '짜장떡볶이'이고 그 아래에는 아직까지 최고의 친구인 규현이가 첫 번째 댓글을 달아 주었다.

ㄴ 이걸 니가 만들었다고? 뻥치지 마, 새꺄.

그러다가 작년 중1 때에 처음으로 '달달한 닭봉 조림'을 만들어 올린 뒤, 인터넷 신문의 작은 기획 기사에 소개가 되더니 갑자기 구독자가 많아지고 얼마 후에는 책을 내자는 제안을 받기도 했다. 엄마는 하고 싶은 대로 하라고 했지만 내 생각에 덥석 좋다고 할 건 아닌 것 같아서 일단은 거절했다. 아마도 평생 '요리하는 사람 김조선'으로 살 텐데 일찍부터 유명세를 타는 게 좋은 건지 아닌지 잘 모르겠다. 책을 낸다고 금방 유명해지는 것도 아니겠지만.

대신 영상 편집을 독학하여 유튜브 채널을 만들었다.

이름이 김조선이니 궁중요리 같은 걸 하면 콘셉트도 잘 맞고 좋겠다는 농담 같은 얘기도 들었다. 하지만 난 궁중요리를 먹어 본 적도 없는데? 무엇보다 궁중요리 같은 특별하고 거창한 음식보다는 누구나 쉽게 접할 수 있는 음식을 만들고 싶다. 간단한 집밥이나 모두가 좋아하는 분식 요리, 익숙한 서양 요리 같은 것들을 소박한 재료로 건강하게 만드는 사람이 되고 싶다. 그게 내 꿈이다.

그리고. 내 이름 '조선'은 흔히들 생각하는 그런 뜻이 아니다. 차마 입 밖에 내기도 부끄럽지만, 그건 바로 '조르바의 아들, 조의 썬'이라는 의미로 아빠가 지어 준 거다.

아빠는 늘 자신이 조르바 같은 사람이라고 했다. 고등학교 때에 『그리스인 조르바』를 처음 읽고 앞으로 어떻게 살아야 할지 깨달았다고 했다.

"지구인도 아니고 하이브리드도 아닌, 조르바가 되어 살겠다고 결심한 거지."

조르바처럼 사는 게 어떤 건지 알아보려고 나도 그 책을 읽어 봤지만 재미도 없고 별 감동을 받지 못했다.

특히 주인공 조르바가 책 속의 '나'에게 하는 말들이 다 밥맛 없었다.

현재에 집중하라.

죽음을 기억하라.

운명을 받아들여라.

허세만 가득하지 실제로 사는 데에 1이라도 도움이 되나? 역시나 내 인생에 도움 되는 거 없는 아빠하고 비슷한 느낌이다.

나는 특이한 유전자를 빼고는 아빠를 닮은 데가 거의 없다. 아빠는 키가 작고 마른 편인데, 나는 엄마를 닮아 키가 크고 몸도 건장한 편이다. 엄마는 덩치만큼 성격도 호탕한 편인데 나는 그렇지는 않지만 아빠처럼(조르바처럼?) 이상한 성격도 아니다. 어쩌면 사실 나도 엄마처럼 통 크고 쾌활한 사람인데 아빠 때문에 소심한 애늙은이가 된 건지도 모르겠다. 여덟 살 꼬마일 때 아빠가 가족을 버리고 떠났으니 애가 제대로 클 수 있겠나.

"버리고 떠났다 하지 말고, 그냥 놓아두고 갔다고 하면 어떨까?"

언젠가 엄마가 나에게 말했다.

글쎄…… '아빠가 나를 버리고 떠났어요'와 '아빠가 나를 놓아두고 갔어요'가 대단히 다른 뜻이라고 생각하는 건가, 엄마는?

사실은 엄마 역시 토종 지구인치고는 조금 특이한 성향을 가진, 어쩌면 여자 조르바 같기도 한 사람이다. 그래서 아빠를 이해하고 쿨하게 보내 줄 수 있었는지도 모르겠고, 하이브리드 아들을 키우는 싱글맘으로 소문이 났는데도 아무렇지 않게 이웃 사람들을 대하며 지내는지도 모르겠다.

그나마 나에게는 다행스러운 게, 엄마는 아빠보다 현실 감각이 있고 나에 대해서 책임감도 있고 간호사로 일할 정도의 능력과 사회성도 갖추고 있었다. 하지만 내가 성인이 된 이후, 설마 그전에는 아니겠지만, 언젠가는 엄마도 그 어딘가로 훨훨 날아갈 수 있다는 생각을 가끔 한다.

엄마는 내가 요즘의 아이들하고는 좀 다르게 사는 것, 학원도 안 다니고 방과 후엔 도서관에 가서 책을 읽고 집에 와서는 요리 실습을 하거나 백구와 함께 경포호 산책을 하며 시간을 보내는 것에 대해 아무 소리 안 한다. 입시니 대학이니 하는 건 신경도 안 쓰는 것 같다.

내가 하이브리드라서 남다르게 키우는 거라고?

그건 아니다. 내가 토종이었어도 엄마는 내 인생에 관여 안 했을 거다. 오히려 언젠가 엄마가 떠난 이후에 내가 어려움 없이 살아갈 것을 연습시키려고 그러는 거 같다.

지구에서 살아가는 데에 하이브리드냐 토종이냐 하는 것보다 더 결정적인 건 부모라는 울타리가 있느냐 없느냐 하는 거다. 부모가 있는 건 기본이고 돈 많은 부모, 힘 있는 부모를 가져야 도움이 되는 세상에서 나는 꽤 안 좋은 조건들을 짊어지고 있다. 돈이 별로 없는 한부모가 곧 떠나려는 조짐을 보이고 있으니. 게다가 나는 하이브리드니까 굳이 층을 나눈다면 지구에서 1층도 아니고 거의 반지하에 속하는 그룹이다.

엄마도 떠나고 백구만 남았을 때, 나하고 DNA가 50퍼센트 넘게 일치하는 어떤 사람이 내게 보험 내지는 울타리가 돼 줄 수 있을까? DNA라는 게 그렇게나 커다란 의미가 있는 주제인가? 아직은 잘 모르겠다.

도움이 안 되고 보험이 돼 주지 않아도 상관없지만, 서울에 사는 반** 님이 누구인지 궁금하긴 하다. 나이는 몇 살일까? 아빠처럼 작고 마른 체형일까? 나랑 닮은 데가 있을까? 성격은 어떨까? 아빠처럼 독특한 면이 있을까?

떠난 이후로 아빠는 일 년에 한 번이나 두 번 정도 엄마와 나에게 연락을 해 왔다. 처음에는 전화를 걸어 왔었고, 다음 몇 년은 엄마에게, 마지막으로 2년쯤 전에는 나에게 몇 번 메일을 보내왔다. 처음 메일을 받았을 땐 나도 얼른 답장을 써서 보냈다.

아빠. 저는 잘 지내고 있어요. 메일 보내 주셔서 기뻐요.

하지만 몇 주가 지나도록 내 메일을 열어 보지도 않고, 읽었다 해도 그에 대해 또다시 곧장 답 메일을 보내 주는 것도 아니기에 그 후론 나도 열심히 메일을 보내진 않았다.

사실 쓸 만한 얘기가 별로 없기도 했다. 아빠는 사는 곳의 날씨나 한국과는 다른 풍습, 풍경 같은 걸 적어 보낸 적이 있지만 나는 아빠가 뻔히 알고 있는 이곳에 대해 쓸 것이 없었다. 아빠라 해도 접촉이 별로 없는 상황에선 내 마음이 어떠니, 요즘 고민이 뭐니 같은 내면의 얘기를 꺼낸다는 건 대단히 어색하고 무의미한 일이 돼 버린다.

그러다 아예 연락이 끊어진 게 1년도 넘었다.

학교에 아빠가 돌아가신 친구가 있는데 그 아이하고 나는 비슷한 면도 있지만 대단히 다른 면도 있다는 걸 알았다. 그

친구는 가끔씩 아빠 사진을 보면서 이런저런 얘기를 한다고 했다. 그러면 아빠가 다 듣고 계시다가 마음을 위로해 주기도 하고 어떤 때는 신기하게도 어렵고 중요한 일이 해결되기도 한다고 했다. 그 아이에게 돌아가신 아빠는 자주 만나진 않지만 여전히 친한 친구라고 할 만한 존재인 것 같았다. 아니면 교회에서 말하는 '하늘에 계신 우리 아버지' 같은 존재이거나.

나에게 있어 아빠는 이해하는 게 좀 어려운 외계인과도 같다. 오래된 SF 영화나 만화에 등장하는 괴상한 외계인 말이다. 근본적으로 모든 게 다르고 대화도 안 되어 소통하기 어려운 존재. 손짓이나 그림 등을 가지고 겨우 소통을 한다 해도 속마음까지 이해하는 건 거의 불가능한 관계.

계속 생각하다 보니 안타깝고 씁쓸한 마음이 든다. 나도 아빠를 좋아하고 친하게 지냈던 적이 있었는데.

아빠와 내가 하이브리드라는 것은 아주 어렸을 때부터 알았다. 아마도 내가 너무 어려서 하이브리드니 토종이니 하는 것에 대해 아무 주관이 없던 때부터 엄마 아빠가 자연스럽게 얘기를 해 줬던 것 같다. 그러다가 초등학교에 들어가서 하이브리드가 어떤 사람들에게는 대단히 낯선 존재라는 것을 알게 되었다.

"아빠. 하이브리드는 외계인이야?"

"외계인과 지구인의 혼종이야."

"혼종?"

"한국 사람하고 프랑스 사람이 결혼해서 낳은 아이 같은 거."

그 당시 우리 동네에 아빠가 프랑스 사람인 아이가 있어서 금방 이해했다.

"그럼 그냥 사람인 거네? 에이리언이나 괴물이 아니네?"

"당연하지."

동화책이나 만화 영화에 나오는 얘기가 현실과 다르다는 것 정도는 알고 있던 때였다. 아주 개운하진 않아도 무거웠던 마음이 한결 가벼워졌다. 그러다가 또 궁금한 게 떠올랐다.

"아빠는 우주 어디에서 왔어?"

"아빠의 아주 먼 조상이 우주 한 귀퉁이의 작은 회색 별에서 살다가 지구라는 푸른 별로 왔고 그다음부턴 지구에서만 살았어. 아빠는 우주에 가 보지도 못했어. 언젠간 가 볼 수도 있겠지.”

“그럼 아빠는 외계인하고 대화 못 해?”

아빠가 진지한 표정으로 나를 보면서 말했다.

“조선아. 너 프랑스 사람 만나면 대화할 수 있어?”

“내가? 프랑스 말도 모르는데 어떻게?”

“그치? 아빠도 외계인 말을 몰라.”

뭐야. 특별한 게 하나도 없잖아.

그렇게 생각하면서 하이브리드에 대한 고민은 대충 끝냈던 것 같다.

아빠와 내가 하이브리드라는 게 소문이 나서 하루아침에 같이 놀 친구가 하나도 없어지고 놀이터에서 모래를 뿌리는 아이도 있었지만 그럭저럭 넘어갈 수 있었다. 워낙 동네에서 인심을 얻고 있었던 엄마 덕분인 것 같기도 하고, 소탈한 시골 사람들이라서 그랬던 것 같기도 하다. 그러니 이후에 아빠와 멀어지고 소통이 안 되었던 일들은 분명히 하이브리드 탓이 아니다.

그런데도 나는 아빠를 생각하면 나쁜 외계인이 떠오르면서 원망하는 마음이 들었다. 말도 안 되는 만화에 나오는 괴상한 외계인. 지구를 공격하다가 히어로가 나타나 혼쭐이 나고 다시 자기 별로 도망가는 외계인.

지금쯤 '50퍼센트 형제님'도 메일을 받았을 텐데 그쪽에서는 어떤 기분인지 모르겠다.

그분은 자기가 하이브리드라는 걸 언제부터 알고 있었을까?

나에 대한 소식을 듣고는 어떤 생각을 했을까?

또 하나의 외계인을 만나게 된 것처럼 당황하고 있을까?

혹시 진즉에 내 존재를 알고 있었을까?

아빠는 자기에게 나 말고 또 다른 자식이 있다는 걸 알고 있었을까?

엄마는 그렇지 않다고 했지만 난 어쩐지 아빠가 반**이라는 사람을 알고 있었을 것만 같다.

아빠는 몇 년 전부터 필리핀의 어느 작은 섬에서 살고 있다 했다. 거기에 살고 있다 했으니 그런가 보다 하는 거지, 정말로 지구 안에 있는 → 필리핀에 있는 → 어떤 섬에 살고 있는지 아닌지는 내가 확인할 수 없는 내용이다. 북극이라는 곳에 새하얀 북극곰이 있다는데 내가 가서 본 건 아니지만 그냥 그런가 보다 하는 것과 같은 느낌이랄까. 여하튼, 서울에 사는 반\*\* 님은 아빠와 얼마나 자주 연락하며 지내고 있는 건지 모르겠다.

나이가 서른쯤 된 어른이라면 아빠를 만나러 갈 수도 있겠지. 오십이 된 조르바와 서른 살의 조르바 주니어가 필리핀의 투명하게 푸른 바닷가에서 함께 낚시도 하고 물놀이를 하는 모습이 그려진다. 나는 그들 사이에 끼지 못할 거다. 나는 수영도 못 하고 물도 안 좋아하니까.

생각을 계속하다 보니 내가 지금 50퍼센트 형제님을 궁금해하며 그분 생각을 하는 건지, 아빠를 궁금해하며 아빠 생각을 하고 있는 건지 헷갈린다. 언제나 아빠에 대한 생각은 나를 복잡하고 피곤하게 만들기만 할 뿐이라 될 수 있으면 안 하려고 하는데 오늘은 너무 많이 하고 있다.

"복잡할 게 뭐 있어? 생각 오래해서 답이 나오는 것도 아니면 일단 뭐든지 저질러 봐. 그러면 어떻게든 일이 풀려 나가게 돼 있어."

엄마라면 이렇게 말해 줬을 거다.

그래, 좋아.

50퍼센트 형제님, 누구신가요.


　나하고 DNA가 50퍼센트 넘게 일치하는 반** 님은 남자가 아니라 여자였다. 나보다 두 살 많은 누나다. 이름은 반은하.

　은하 누나는 DNA 테스트를 하면 체질에 맞는 운동법을 알게 되어 살도 뺄 수 있고 피부 타입 등등을 알게 된다는 친구의 말을 듣고 재미 삼아 해 봤다가 뜻밖에도 하이브리드라는 결과가 나오고 나하고까지 연결이 되어 좀 멘붕이라고 했다. 평범한 가정에서 부모님께 사랑받으며, 한 살 차이 여동생하고는 친구처럼 지내며 행복하게 자랐다고 했다. DNA 테스트를 가족과 함께한 것도 아니고 친구들과 다이어트 목적으로 부모님 몰래 해 본 건데 지금 이 결과를 어떻게 받아들여야 할지 모르겠다고 했다. 그러면서 나는 어떤 가정에서 어떻게 자랐는지 궁금하다고 했다. 누나와 내가 서로 하이브리드 가족 관계라면 내 아빠나 엄마가 누나의 친부모인 건지 알고 싶다고 했다.

　미안한 말이지만, 누나의 메일을 읽으면서 내가 느낀 첫인

상은 '팔자 좋은 사람'이었다. 나쁜 뜻으로 말하는 게 아니라, 그냥 제일 먼저 그런 생각이 들었다.

'팔자 좋은 사람이구나. 적어도 은수저는 되는 것 같네.'

그다음에 퍼뜩 생각난 건, 혹시 은하 누나가 우리 아빠 조르바의 딸인 게 아니라 내가 누나네 아버지의 친아들일 수도 있지 않을까 하는 거였다.

"풉. 희망을 짓밟은 것 같아 미안하지만 그건 아니야. 나 네 아빠하고밖에 안 해 봤어. 야! 그게 내가 인기가 없어서 그런 게 아니라 취향이 까다로워서 그런 거야."

"알았다고. 누가 뭐라고 했어?"

"그나저나 어려움 없이 곱게 자란 애 같은데 갑자기 출생의 비밀을 알게 돼서 많이 놀랐겠다. 젊은 애니까 그렇진 않겠지만 하이브리드에 대해서 편견 같은 게 있었다면 확실히 깨닫는 기회도 됐겠지. 인생이 다 그런 거라고, 지금 이거 아무 일도 아니라고 위로해 줘. 막장 드라마가 왜 있겠니? 다 사람 사는 얘기니까 작가들도 그런 걸 쓰는 거지. 크크."


많이 놀라셨겠지만, 사람 사는 얘기가 다 드라마 같은 거라고 언젠가 저희 할머니가 말씀하셨지요. 가볍게 생각하세요.

그리고 누나에게 하이브리드 DNA를 전해 준 사람은 저의 아빠인 것 같은데, 아빠에 대해서는 뭐라고 설명하기가 어렵네요. 조금은 평범하지 않은, 바람 같고 구름 같은 사람이거든요. 저하고도 성향이 많이 다른 편이니 하이브리드의 특성이라 하기도 좀 그렇고, 영혼이 자유로운 사람이라는 말 정도로 설명할 수 있을까요.

아마도 옛날에 누나의 어머니와 잠깐 만난 적이 있는 그런 사이가 아닐까 짐작해 봅니다.

지금 아빠는 해외에 계시는데 조만간 연락해서 누나 얘기를 전해 볼게요.

괜찮다면 누나도 가족들과 솔직한 대화를 나눠 보세요.


대충 이렇게 메일을 썼지만 솔직히 아빠한테 은하 누나에 대해 얘기하게 되는 일은 없을 것 같다. 내가 은하 누나를 위로해 줄 필요도 없다는 생각이 들고.

누나는 나와는 달리 여태껏 평범한 가정에서 아빠 엄마 동생과 함께 행복하게 살아왔다. 나 같은 경우는 엄마가 보험

드는 심정으로 DNA 테스트를 해 준 거지만 누나는 친구들과 장난 삼아 해 보려고 비싼 키트를 자기 돈으로 샀다. 그 결과 자신이 하이브리드라는 사실뿐 아니라 같이 사는 아버지의 친딸이 아니라는 사실까지 알게 되어 충격을 받긴 했지만 나보다는 여러모로 운이 좋은 편 아닌가.

역시 배경이 든든해서 그런지 은하 누나는 내 생각보다 모든 것을 빠르게 잘 소화해 냈다.

가족들에게는 테스트 결과를 당분간 알리지 않고 조용히 있을 거라고 했다. 부모님이 누나의 대학 입시에 온 신경을 쏟고 있는데 엉뚱한 얘기를 꺼낼 분위기도 아니고, 자기도 일단 원하는 대학에 들어간 이후에 하이브리드에 대한 문제를 차분히 생각해 볼 거라고 했다.

고3도 아닌데 벌써부터 대학 얘기를 자주 하는 걸 보니 공부를 잘하는 사람인 것 같았다. 서울 학생이니까 지방에 사는 애들하고는 다르겠지.

DNA 테스트로 하이브리드라는 결과를 받은 게 아이큐 테스트에서 천재라는 결과를 받은 것과 같을 수는 없는 거다. 가능한 한 조용히 묻어 두고 싶겠지. 나 같은 경우야 부모님에 의해 어렸을 적부터 자연스럽게 드러내고 살았지만 은하 누나 같은 사람이 지금 상황에서 갑작스레 커밍아웃을 하기는 어렵다는 걸 이해한다.

어쩌면 누나네 아버지는 이미 모든 사실을 알면서도 그동안 은하 누나를 사랑으로 키웠는지도 모른다. 영화나 소설에서 가끔 그렇게 속 깊고 따뜻한 부모님 캐릭터가 나오지 않나.

넌 이미 내가 가슴으로 낳은 자식이라며, 하이브리드이든 토종이든 상관없이 너는 내 딸이라며 아이를 안아주는 그런 아버지.

아우, 오글거려.

뭐가 어찌 되었든 은하 누나에 대해 알게 되면 될수록 내가 누나를 위로해 주고 말고 할 처지가 아니라는 생각이 들었다.

누나 메일을 읽다 보면 조금은 기분이 씁쓸해졌고, 아주 솔직히 말하면 누나가 부럽다는 마음이 들기도 했다.

왠지 모르게 억울한 일을 당한 것 같은 기분이 들어 경포호까지 달려 나가 백구를 쓰다듬으며 앉아 있던 날도 있었다.

왜 그런 마음이 들었는지는 잘 모르겠지만 그랬다.

애늙은이라고 불리는 나하고는 다르게 누나는 성격도 밝고 명랑한 것 같았다.

공부하다 잠시 쉬는 중에 썼다는 메일이 오는 때가 종종 있었는데, 아빠는 어떤 분이냐, 엄마는 어떤 분이냐, 궁금한 것도 거침없이 물어보고, 가족사진도 보여 달라는 등 하고 싶은 말은 당당하게 하는 스타일이었다. 하이브리드인 것을 주변에서 알고 있는지, 그것 때문에 힘든 일을 당한 적은 없는지도 물어 왔다.

누나 메일을 받을 때마다 나도 꼬박꼬박 답장은 했다. 딱히 거짓말을 하는 건 아니었다. 그렇지만 모든 것을 분명하게 밝히지는 않으면서도 적당히 선을 지키며 말하느라 썼다 지웠다 고생이 많았다.

우리 아빠 김상수 씨는 지난번에 말씀드린 것처럼, 자유로운 영혼의 소유자이고요, 엄마는 그런 아빠를 이해해 주는 여장부 스타일이랄까요. ㅎㅎㅎ

제가 사진빨이 좀 안 받는 편이라 사진 찍는 걸 안 좋아해서 사진이 많이 없어요. 괜찮은 게 있는지 한번 찾아볼게요. ㅋㅋ

여기는 조용한 시골 동네라서 하이브리드가 뭔지도 다들 모르는 것 같아요. ㅎㅎㅎ

두 살 차이밖에 안 나지만 나는 어쩐지 은하 누나가 좀 어려워서 계속 존댓말을 했다. 그런데 누나는 두 번째 메일부터 반말을 썼고, 편지 마지막에는 항상 '서울에서 은하 누나가'라고 끝을 맺었다.

친누나가 있는 규현이에게 말하니 원래 누나들이 남동생을 한참 아랫것으로 깔보기 때문에 편하게 말하는 거라고 했다.

"너도 반말 해. 두 살밖에 안 많은데 뭘 존댓말을 하냐."

"만난 적도 없는 사람한테 어떻게……."

"아우, 소심한 새끼. 그나저나 이제 하이브리드가 되게 많은가 보다."

"그러게."

"근데 생각하면 웃긴 거 같애."

"뭐가?"

"아니, 생긴 거 보고 동양인이다 서양인이다 말하고, 한국에 살고 있으면 한국인, 일본에 살고 있으면 일본인이라 하잖아. 미국이랑 캐나다 혼혈인지 아닌지, 외국에서 태어나 한국으로 온 건지 뭔지 다 알아보려 하지 않잖아. 그런 것처럼 크게 봐서 지구에 살고 있으면 그냥 다 지구인이지 굳이 토종이니 하이브리드니 하면서 열심히 따지고 분류하는 게 요즘 같은 세상에서 무슨 의미가 있냐 말이야. 안 그래?"

어렸을 때 학교에서 내가 하이브리드인 게 소문이 나 괴롭힘을 당한 적이 있었는데 그때부터 규현이는 범우주적인 마인드로 나를 지켜준 친구였다. 내 이름 김조선 대신 '북조선'이니 '남조선'이니 하는 별명을 만들어 내 다시 아이들과 장난치며 어울릴 수 있게 만들어 주기도 했고.

"좀만 기다려. 머지않아 한국이 하이브리드 천국이 될 거래."

"왜?"

"유럽에는 정원이며 발코니에서 하루 종일 이웃집을 탐색

하는 할 일 없는 오지랖 노인들이 그렇게 많다는 거지. 한국은 아파트가 많고 옆집에도 관심이 없잖아. 그래서 특이종이 살기에 편하다 하더라고."

그런 것 같기도 하고 아닌 것 같기도 하고. 하이브리드 천국 같은 건 관심도 없고 기대도 안 하지만.

그나저나 엄마 말처럼, 지구 위에 나하고 DNA가 맞는 사람이 있다는 게 괜찮은 일 같기는 했다. 형제가 없던 내가 '은하 누나' 하고 속으로 불러 보면 조금은 어색하면서도 약간은 따뜻한 마음이 피어올랐다. 규현이보다 네 살 많은 규리 누나도 규현이를 구박만 하는 것 같지만 예전에 규현이 오른팔이 부러졌을 때 입에 밥을 처넣어 주었다고 했다.

든든하고 어른스러운 형님에 대한 로망이 있기는 했으나 밝고 명랑한 누나도 나쁘지 않은 것 같았다. 하지만 그 정도에서 끝이다.

은하 누나는 아직까지 내게 50퍼센트 정도만 누나라는 느낌이 든다.

엄마는 다르다. 엄마가 툭하면 말하듯이 '엄마 배로 나를 낳았'지만 엄마는 아예 토종 지구인이고 나는 하이브리드다.

우리는 DNA가 다르다.

그래도 엄마는 나에게 100퍼센트 가족이다.

백구는 진짜 내 동생이고 우리 집 둘째 아들이지만 나하고는 아예 다른 종이다. 그런데도 백구 역시 나에게 100퍼센트 가족이다.

규현이는 99퍼센트 가족이다. 100퍼센트라고 말하고 싶지만 규현이에게는 규현이네 가족이 있으니까 나하고는 99퍼센트다.

하지만 은하 누나는 50퍼센트, 절반만 누나다. 아직은 그렇다.

누나와 가까워지는 게 싫은 건 아니다. 하지만 너무 급하게, 빠르게 갈 수는 없다. 그건 좀 아니다. 언젠가는 은하 누나도 나에게 90퍼센트 정도 가족이 될지도 모르지.

하지만 시간을 들여서 천천히, 조금씩 가야 하는 거 아닌가, 그게 자연스러운 거 아닌가.

그런 생각이 들었다.

........................

지금 내 인생이 그렇다. 미지수 x .

# 모든 게 미지수

—

반은하

안녕하세요. 저는 강릉에 사는 김조선입니다.

서울에 사시는 반** 님이 누구신지 조금 궁금하여 연락드렸습니다.

강릉에 사는 김땡땡은 나의 진짜 아빠가 아니었다. 아마도 내 진짜 아빠의 친아들임이 분명한 조선이라는 남자애였다. 이름이 조선이라 할 때부터 알아봤어야 했는데 애가 영 고지식하고, 메일을 주고받으며 살펴봐도 어르신이 말하는 것처럼 답답하다. 같은 하이브리드 누나가 나타났다는데 크게 관심이 있는 것 같지도 않았다. 나에게 거리를 두려는 것 같기도 하다. 그건 나도 마찬가지라서 이해 못 하는 바는 아니었다.

나의 하이브리드 아빠에 대해 알게 된 거라곤 김상수라는 이름밖에 없다.

조선이의 표현에 의하면 '자유로운 영혼, 바람 같고 구름 같은 사람'이라는데 뭐가 어떻다는 건지 도통 모르겠다. 우리 아빠 반진택 씨하고 정반대의 사람인가 싶기는 하다.

사진이나마 보고 싶어서 쿨한 척하며 메일도 여러 번 보냈지만 조선이가 의뭉스럽게 철벽을 둘러서 알아낸 게 없다. SNS가 있는지 찾아보기도 했는데 그것도 별 성과가 없었다.

조선이네 엄마하고는 이혼을 한 건지 뭔지 모르겠다. 어쨌든 지금 같이 사는 건 아닌 것 같다. 한 번 해외에 나가면 몇 달씩 연락이 어렵다는데, 카톡을 보내면 시차가 있다 해도 하루 안에 소식이 통하는 세상에서 무슨 말도 안 되는 소리를 하는지. 자기 아빠랑 내가 연락하는 게 싫어서 일부러 그러는 거 같기도 하다.

나를 이상한 사람으로 생각할까 봐 행복한 가정에 친구관계도 좋은 구김살 없는 소녀, 공부에 집중하고 대학에 목숨 거는 흔한 고딩 코스프레를 했지만 그나마도 조선이한테는 제대로 먹히지 않은 것 같다.

남자애라서 표현이 서투른 건가?

워낙 둔하고 조금은 찌질한 스타일인가?

흔히들 '진국 스타일'이라고 말하는, 속 깊고 오래 두고 볼수록 좋은 사람인 건가?

잘 모르겠다.

어쨌든 막상 연락을 하고 보니 조선이에게는 그다지 친밀감이 느껴지질 않는다. 하이브리드라는 강력한 공통분모가 있고 게다가 친남매인 것 같은데도 사랑이나 호감이 펑펑 솟아나지 않아서 나는 사실 좀 실망했고 혼란스럽기도 했다.

하이브리드 친아빠에 대해 알고 싶기도 하고, 하이브리드로 살아가는 것에 대해 도움이 필요할 수도 있을 것 같아 조선이와 연락을 이어 나가고는 있다. 하지만 어쩐지 기분이 좋질 않다. 모든 게 불투명한 게 가슴이 답답하다.

아무래도 엄마가 하이브리드가 아니었을까 싶다. 엄마가

평범한 지구인 아줌마 스타일은 아니었으니.

에든버러에 있는 외가에 연락을 해 볼까.

와 씨, 존재감 없이 숨만 쉬며 살아가던 내가 한국을 넘어 유럽에까지 오지랖을 펼치게 되는 건가.

그러고 보면 내가 워낙 특이종이긴 했다. 말이 통하고 항상 붙어 다니는 유일한 친구가 바로 죽은 지 십 년이 다 된 동생이니까. 이제야 존재를 알게 되어 낯설긴 하지만 그래도 지구를 뛰어넘어 우주 안에서 연결돼 있는 또 다른 동생도 있다. 지금으로선 이렇게 두 사람이 나의 가장 가까운 가족인 건가.

뭐가 뭔지 모르겠다. 문제가 뭔지도 정확히 모르겠고 답도 모르겠다.

수학에서 x가 뭔지 알아내라는 문제가 나오면 나는 늘 가슴이 방망이질하듯 둥당거리며 골치가 아팠다. 차근히 풀어 나가다 보면 답을 찾게 되는 경우도 있었지만 대부분은 덜컥 겁부터 났다.

지금 내 인생이 그렇다. 미지수 x.

하긴 토종인 줄 알고 살아가던 시절에도 즐겁기만 한 건 아니었다.

　토종이든 하이브리드이든 지구에서 살아가는 인생은 피곤하기만 하구나.

초파리보다 멍청한 놈들 같으니라고!

# 초파리보다 못한

—

에마 슈미트

title : Hello

from : Banban@namail.com

to : Emma-Schmidt@zmail.com

—

I'm Ban.

I heard about you from KDA(Korea DNA Association).

Who are you?

몇 주 전에 WDA에서 메일이 왔는데 코리아의 '반'에 대한 얘기였다. 매칭을 원하는지 물어왔지만 관심 없는 이슈라서 답을 하지 않고 그냥 내버려 뒀다. 그랬는데 이번에는 본인에게서 직접 연락이 온 거다.

나는 반의 존재에 대해 알고 있었다. 정확한 이름도 알고 있었다. 반진택. 코리아에 있는 나의 생물학적 아버지.

그러니까 우리 엄마 오경주가 이십여 년 전에 한국에서 사귀던 남자친구가 있었는데 그가 바로 반진택이었던 거다. 엄마는 독일로 유학 온 이후에 임신 사실을 알게 되었고, 그 남자와 관계없이 혼자 나를 낳아 키웠다.

"임신 소식을 알리지도 않았다고?"

"나는 여기서 살아갈 거고 그 사람은 한국에서 살아갈 건데 얘기하면 뭐 해? 어차피 그 사람하고 결혼할 생각도 없었고. 임신한 걸 알고 좀 놀랐던 건 사실이지만 생각해 보니까 너는 내 자식이고 나 혼자 낳아서 잘 키울 자신도 있더라고."

"남자가 무능하고 무책임했나?"

"그 정도는 아니야. 적당히 평범한 남자였어. 아, 이제 기억도 잘 안 나네. 어쨌든 그 사람이 여기로 올 일이 없고 내가 한국에 갈 생각이 없었다는 게 제일 큰 이유였지. 그렇긴 해도 너한테 친아빠의 존재를 지워 버린 건 미안해."

"천만에. 나 우리 아빠 너무 사랑하는 거 알잖아."

엄마는 내가 네 살 때 나의 수영 선생님이었던 미카엘 슈미트와 결혼했다. 최고의 선생님이었던 미카엘은 최고의 아빠가 되었다. 다음 해에는 동생 콜리가 태어났다.

지금 나는 열아홉 살이고 베를린에서 대학에 다니느라 프랑크푸르트에 있는 가족과 떨어져 살고 있다. 그래도 하루에 한 번 이상 영상 통화를 하며 가족과 대화를 나누고 있다. 특히 아빠하고는 쇼핑한 물건이나 간식 먹는 것도 보여 줄 만큼 소소한 내용까지 모두 주고받는 친구 사이다.

하지만 WDA에서 온 메일이나 이번에 '반'에게서 받은 메일 얘기는 하지 않았다. 가족회의를 하면서 의견을 주고받을 만큼 중대한 주제도 아니고, 나도 이제 성인이니까 내 일은 내가 알아서 정리하면 된다고 생각했다.


안녕, 반.

나는 에마 슈미트입니다.

아마도 당신은 나의 생물학적 아버지입니다.

나의 엄마는 오경주입니다.

이 주제에 대해 그녀에게 알리지 않고 나는 결정합니다.

나는 성인이기 때문에.

나는 당신과 접촉을 더 이상 원하지 않습니다.

경주 역시 당신과 접촉을 원하지 않았습니다, 이십 년 전부터.

평화를 누리기 바랍니다.


영어로 써서 보내려다가(독일어로 쓰지 않은 것만 해도 얼마나 친절한가.) 내가 조금이나마 정성을 기울였다는 걸 보이기 위해 번역기를 통해 완성된 한국어 편지를 보냈다. 더 이상 연락하고 싶지 않다고 정확하게 밝혔으니 이제 끝이리라 생각하고 있었는데 열흘쯤 뒤에 또다시 메일이 왔다.


에마 슈미트 언니에게.

안녕하세요. 저는 반은하라고 합니다.


반은하가 누구지?

'unnie'는 뭐지? 언니? 친근하게 부르는 호칭 같은 건가?

메일 주소를 보니 지난번과 같은 메일이었다. WDA에서 알려준 '반'이나 지난번에 연락 온 '반' 모두 반진택일 거라고 생각하고 답장을 한 거였는데 그게 아니었나?

우선 답장 보내 주셔서 감사합니다.

더 이상 접촉을 원하지 않는다고 하셨는데 다시 연락 드려서 죄송해요.

그런데 말씀 드려야 할 내용들이 있어서요.

언니의 생물학적 아버지인 반진택 씨는 지금 저랑 살고 있는 제 아버지입니다.

제가 아빠 몰래 아빠의 DNA 테스트를 해 보고서 아빠에게 가족이 있다는 걸 알게 되었고 언니의 메일 주소를 받아 연락한 거예요.

이제 무슨 말이야?

DNA 테스트를 본인 모르게 다른 사람이 할 수 있나?

게다가 개인적인 정보는 물론 그에 대한 모든 결과 또한 남이 받아 봤다고?

이건 명백히 불법일 텐데 이해가 되지 않았다.

언니가 언니의 생물학적 아버지인 우리 아빠와 연락을 원치 않는다고 쓴 걸 보고, 더구나 언니의 엄마 역시 우리 아빠와 연락을 원하지 않는다고 한 걸 보고 지난번에 메일을 보낸 사람이 저라는 걸 밝히기로 했습니다.

불쾌하셨다면 죄송해요. 그래도 제 얘기를 조금만 들어주세요.

저는 코리아, 서울에 살고 있고요.

아빠, 엄마, 한 살 차이 여동생이 있습니다.

지금 우리 엄마가 정확한 병명도 모른 채 많이 아파요.

그래서 지난봄, 아빠 몰래 DNA 테스트를 했습니다.

혹시 골수 이식이나 엄마에게 도움이 될 만한 아무 정보라도 알게 될까 싶어서요.

그때 제가 아빠 DNA 테스트까지 몰래 신청해서 해 본 거예요.

아빠에게 말 안 한 건 다 가짜고 엉터리라고 혼날까 봐서예요.

그랬는데, 세상에 이런 일이.

제 키트는 오염이 되어 결과를 알 수 없게 됐다는 통보를 받았고 아빠에 대한 결과만 받게 되었습니다. 독일에 S***이라는 또 다른 가족이 있다는 놀라운 결과를요!

아빠에게 가족이면 아빠 딸인 저에게도 가족인데, 저는 정말 너무너무 쇼킹하고 어쩌면 좋을지 고민을 했습니다.

집안 분위기도 안 좋은데 이런 얘기를 하는 게 어려워서 부모님 몰래 한참을 끙끙대며 궁리만 했죠. 그러다가 일단 S*** 님이 누구인지 알아보기나 하려고 연락을 드렸던 거예요.

그런데 언니는 왜 친아빠와 연락을 안 하고 싶다고 했나요?

모르고 있던 또 다른 가족에 대해 궁금한 건 없나요?

이번에 WDA에서 연락을 받기 전에도 아빠에 대해 알고 있었나요?

아빠는 언니에 대해 알고 계신가요?

아빠와 연락을 안 하고 싶다 하셨는데, 그럼 제가 아빠에게 언니에 대해 계속 아무 말 안 하고 있어도 될까요?

아빠가 친딸과 연결될 수 있는 기회가 생겼는데 제가 그걸 가로막고 있는 것 같아 너무 신경 쓰이고 마음이 복잡합니다.

혹시 옛날에 언니네 엄마가 우리 아빠와 사귀고 언니를 임신하게 됐을 때 우리 아빠가 나쁘게 행동했었나요? 오, 그런 거라면 너무 죄송합니다. 아빠가 워낙 남의 마음을 세심하게 알아

주질 못하는 둔감한 스타일이긴 해도 나쁜 사람은 아니에요.

언니가 멀리 독일에 있으니 직접 만나기는 어려울 것 같아 오히려 마음이 가볍기도 하고, 자세히는 모르지만 언니가 매우 쿨한 사람인 것 같아서 이런저런 얘기들을 써 봤습니다.

기분 나쁘셨다면 다시 한번 죄송해요.

그래도 답장 기다리겠습니다.

안녕히 계세요.

–추신 : 저도 번역기를 통해 독일어로 편지를 보냅니다. 어색한 부분이 있어도 이해해 주세요.


흠. 재미있는 아이로군.

지난번 메일에 대해서는 '더 이상 연락하지 않겠다'는 답장을 써야 했지만 이번 메일에는 딱히 써야 할 내용도 없어서 그냥 넘겨 버리려고 했다. 그러다가 문득 친구 베나토 생각이 났다.

나는 학부에서 바이오공학을 공부하고 있는데, 작년에 자료조사 차원으로 학교에서 다 같이 DNA 테스트를 받았다. 어떤 팀에서는 '하이브리드'가 한 명 나와 (프라이버시 보호 차원에서 정확한 건 아무것도 모르지만) 한동안 학교가 소란스럽기도 했었다.

우리 팀의 베나토는 폴란드에 남매가 있다는 결과를 알게 됐다. 만나는 사람마다 얼싸안고 뉴스를 전하며 흥분하던 베나토는 기차를 타고 폴란드로 가 여동생을 만났고, 이 모든 이야기들이 지역 뉴스에 나오기도 했었다. 그 일이 생각나 베나토에게 내 얘기를 해 보기로 한 거다.

"오, 에마. 너도 자매를 찾게 된 거야?"

"글쎄. 자매를 찾았다고 하기엔 좀 애매하네. 같은 아버지를 둔 것 같긴 한데 메일에 쓴 걸 보면 뭔가 스토리가 선명하지 않아."

"아마 지금 당황해서 그럴 거야. 코리아라고 했나?"

"응. 우리 엄마가 옛날에 코리아에 살았었거든."

"아름답지 않아?"

"아름답다고? 뭐가?"

"난 말이야, 내가 몰랐던 내 동생이 타국이긴 하지만 같은 하늘 아래에 살고 있다는 걸 알게 되었을 때 가슴이 마구 두근대면서 사랑이 샘솟더라."

"그래? 난 뭐, 별로 아무렇지도 않은데. 내가 너무 감성이 메말랐나 봐. 하하."

"코리아에 있는 그 아이는 멀리 독일에 자기와 피를 나눈 자매가 있다는 걸 알게 되어 설레는 마음으로 너에게 메일을 썼을 거야."

역시 감성이 풍부한 베나토는 오해를 하고 있다.

"그런 것 같지는 않던데? 자기 아빠가 내 존재를 알고 있는지, 아빠가 궁금하지 않은지, 아빠에 대해서만 뭘 잔뜩 물어보던데? 자기 아빠 DNA 테스트를 몰래 해서 결과까지 받아 본 아이야. 뭔가 앞뒤가 잘 맞지 않고 다른 꿍꿍이가 있는 것 같아."

"음, 아빠와의 관계에 어떤 문제가 있는 건가? 어쩌면 아빠의 사랑을 갈구하고 있는데 자기 아버지에게 숨겨 둔 다른 아이가 있다는 사실에 질투나 배신감 같은 걸 느끼고 있는지도 몰라. 오, 그래, 전에 어떤 수업에서 들었는데 아시아인들에게는 혈연에 대한 신앙 같은 게 있어서 가족에 대한 개념이 우리하고는 많이 다르다 하더라고. 너는 겉보기엔 코리안이지만 속은 완전 독일인이니 그 아이를 이해하는 게 쉽지 않겠지."

"맞아. 뭐가 뭔지 잘 모르겠어. 어쨌든 네 말은, 그 아이의 메일을 그냥 무시해 버리는 건 옳지 않다는 거야?"

"당연하지. 이 넓은 우주에 너하고 DNA가 50퍼센트 넘게 일치하는 사람을 만난 건 귀하고 아름다운 일이야."

"인간과 초파리의 DNA는 60퍼센트 넘게 일치한다는 거, 너도 알잖아?"

허공에서 손을 휘저으며 초파리를 잡아 보려는 제스처를 하는 나에게, 아름다운 것을 좋아하는 베나토가 청록색 눈을 찡긋하며 말했다.

"걔들하곤 너무 안 닮았잖아. 코리아의 그 소녀는 너하고 꽤 닮았을걸?"

그래서 나하고 (적어도 초파리보다는 엄청나게 많이) 닮았을 게 분명한 소녀에게 다시 한번 메일을 보내기로 했다.


코리아의 반은하에게.

안녕. 나는 에마 슈미트입니다. 반갑습니다.

우선, 어머니가 많이 아프시다니 유감입니다. 빨리 좋아지시기를 기원합니다.

나는 작년에 학교에서 공부하고 있는 주제의 자료조사를 위해 DNA 테스트를 했습니다.

코리아에 친아버지가 있다는 사실은 어머니에게 들어 예전부터 알고 있었지만 DNA 테스트를 통해 가족을 찾는다거나 하는 일에는 관심 없었습니다.

듣자 하니 혈연이나 가족에 대해 아시아와 유럽에서 생각하는 바가 서로 다르다고 하더군요. 나는 아무래도 유럽인이라 이번 일에 대해 느끼는 것이 반 양과는 다른 것 같습니다.

특히 나는 바이오공학을 공부하고 있습니다. DNA로만 따지면 인간과 매우 가까운 동물이나 곤충이 많이 있습니다. 하지만 우리는 그들을 친척이라 여기지 않지요.

DNA가 겹치는 것보다는 인생을 함께하고 생각과 마음을 나누는 것이 관계에서 더 중요한 조건이라 생각합니다.

그런 의미에서 나는 본 적도 없는 반진택 씨에 대해 궁금한 게 없습니다.

대신 반 양에 대해서는 조금쯤 친근함이 느껴지는군요.

잘 지내기를 바랍니다.

다시 한번 어머니의 쾌유를 빕니다. 안녕히.

　―추신 : 아마도 반진택 씨는 내 존재를 모르고 있을 테니 아버지에게 내 얘기를 하지 않아도 나는 아무 상관없습니다.


　평소 말주변이 없고 글 쓰는 건 더더욱 좋아하지 않는다. 편지가 너무 딱딱한 것 같아 조금 고민을 했지만 그렇다고 별수가 있는 것도 아니어서 그냥 보냈다.

　반은하 때문인지 요즘 들어 가족이니 DNA니 하는 것을 많이 생각하다 보니 문득 지금 우리 가족의 DNA도 꽤 다채롭다는 걸 느꼈다. 몽골과 일본이 섞이긴 했지만 대부분 코리안인 엄마와 나, 독일과 네덜란드가 주를 이루는 아빠 미카엘, 독일과 네덜란드와 코리안과 기타 등등이 섞인 동생 콜리.

　DNA로만 따지면 나는 미카엘이나 콜리보다 반진택, 반은하와 더 가까운 가족이라 할 수 있다. 하지만 그건 초파리를 두고 사촌이라고 부르는 것과 비슷한 게 아닌가.

　결국 DNA라는 건 어쩌면 아무것도 아닌지 모르겠다.

　하지만 한편으론 절대 그렇지 않은 것이기도 하지.

어릴 때 부모님과 떨어져 할머니와 살아온 베나토는 성인이 되어 갑자기 만나게 된 동생과 너무나도 빠른 속도로 깊은 우정, 사랑을 나누고 있다. 존재조차 몰랐던 사람과 단 이틀 함께 지내고 돌아와 그 이후에는 영상통화로 거의 매일 생활을 주고받으면서 얼마나 든든하고 따뜻한 관계가 되었는지, 옆에서 보고 있으면 놀라울 지경이다.

DNA로 연결된 사이가 아니라면 과연 가능했을까.

DNA라는 게 어떤 의미가 있는 건지 잘 모르겠다.

그러던 중에 반은하에게서 다시 메일이 왔다.

이 아이는 내게 뭐 이리 할 말이 많은 걸까.


에마 슈미트 언니에게.

언니. 메일 주셔서 감사해요. DNA 테스트를 통해서 연결된 '반'이 아빠가 아니라 저라는 걸 알고는 언니가 기분 나빠 하실까 봐 걱정했는데, 친절하게 답장 보내 주셔서 기뻤습니다.

언니가 점점 좋아지네요. 저는 언니가 없어서 늘 언니라는 존재를 그리워했어요.

제 동생에게 저는 별로 좋은 언니가 아닌데, 에마 언니가 가까이에 있다면 제게 좋은 언니가 돼 주실 것 같아서 왠지 마음이 따뜻합니다.

저하고 아무 관계도 아니고 나이 차도 많은 '아는 언니'가 있는데 최근 들어 많이 친해져서 제 마음속에 '진짜 언니'라고 저장해 둔 사람이 있거든요. 그 언니가 언니 1호이고 에마 언니를 언니 2호라고 생각하려고요.

그냥 제 마음속으로 혼자 정한 거니까 이해해 주세요. ^^

언니. 저희 엄마는 끝내 돌아가셨습니다.

저는 원래 아빠보다 엄마랑 친했었는데 엄마가 돌아가시고 나니 집안이 너무 썰렁하네요. 고민이 있어도 말할 사람도 없고요.

그래서 말인데, 언니, 진짜 큰 비밀이 하나 있습니다.

지난번에 제 DNA 테스트 결과는 받지 못하고 아빠 것만 제가 대신 받았다고 했잖아요.

그런데 그건 거짓말이었습니다.

사실은 제 결과도 나왔어요.

제가 하이브리드 99퍼센트라는 결과였지요.

한국에 사는 평범한 학생인 제가, 게다가 아빠는 토종 지구인 99퍼센트인데 저만 하이브리드라는 결과를 받으니 어쩌면 좋을지 모르겠어요. 언니는 독일에 사시고, 대학에서 생물학을 공부하신다니 하이브리드에 대해 어떻게 생각하시나요.

제가 하이브리드인 것도 고민이지만 그렇다면 제가 아빠의 친딸이 아닌 건가, 하는 게 더 큰 고민입니다. 그것 때문에 아빠에게 언니에 대한 얘기를 하는 게 더 어렵기도 했어요. 아빠하고의 관계가 늘 조금 서먹하다고 느껴왔는데, 갑자기 저는 하이브리드이고 아빠에게는 몰랐던 친딸이 있다 하니 머리가 너무 복잡했던 거지요.

그러저러한 이유로 언니에게 거짓말을 많이 하게 됐습니다.

죄송해요.

이렇게 털어놓고 나니 마음이 좀 홀가분하네요.

지난번 메일에서 하신 말씀, 가족이나 인간관계에서 DNA가 일치하는 것보다 생각과 마음을 나누는 게 더 중요한 거라고. 그 얘기에 깊이 감동받고 위로도 받았습니다.

그렇다면 오늘 언니와 저도 조금쯤 가까워진 게 아닐까요.

고맙습니다.

안녕히 계세요.

아하, 이제야 많은 것들이 이해가 된다.

아직 정확한 연구 결과가 나온 건 아니지만 내가 알기로, 하이브리드는 지구인과 교배를 거듭해도 (결혼이라는 부드러운 표현을 두고 교배라고 하니 과격하게 들리지만, 지금 말하고자 하는 게 생물학적인 부분이라서 그렇다) 고유의 DNA가 나뉘어 줄어들지 않고 일정량을 유지한다.

예를 들어, 미카엘에게 독일인 DNA가 50퍼센트 있다고 치면 교배를 통해 자녀가 된 콜리에게는 이제 그것을 절반만 전해 주게 되지만 하이브리드라면 외계인 DNA를 50퍼센트 그대로 물려준다는 얘기다. 세월이 흘러도 외계인 DNA는 희석되어 흐려지지 않고 그들만의 생명력을 지켜가는 것이다.

결국 그렇게 지구인과 교배하는 하이브리드가 많아질수록 지구에는 하이브리드 숫자만 늘어나는 거라고 들었다. 그런 식으로 계속되다 보면 이제 지구에는 지구인보다 외계인의 후손이 대다수를 차지하게 될 것이다. 아직 모든 게 명확히 밝혀진 건 아니지만 지구인들은 어렴풋이나마 직관적으로 모든 것을 느끼고 있고, 그것이 지구인이 하이브리드를 경계하는 근본적인 이유다.

외계인의 지구 정복에 대한 얘기는 일단 젖혀 두고.

지금 중요한 건, 반은하의 엄마가 하이브리드였다는 것만 확인된다면 반은하는 DNA 결과와 상관없이 반진택의 친자녀라 할 수 있다는 것이다.

하지만 이런 내용들을 열심히 메일에 써서 반은하에게 전해 줘야 할지에 대해서는 왠지 꺼려지는 부분이 있다.

나는 감상적인 사람이 아니지만 어쩐지 이 아이에 대해 짠한 마음이 든다. 엄마는 돌아가시고 의지할 데도 없는 것 같은데 뜻밖에도 자신이 하이브리드라는 걸 알게 됐으니 충격이 클 거 같다. 그렇다고 지금 내가 좋은 언니가 되어 줄 테니 나에게 의지하라고 하고 싶은 것도 아니다. 물리적으로 떨어져 있다는 이유로 내게 너무 많은 것을 오픈하고 있는 아이다. 거리를 유지하고 조절하는 게 필요한 것 같다.

게다가 '하이브리드'라는 말을 듣는 순간 속으로 흠칫 놀라기도 했다.

하이브리드에게 거부감이나 반대하는 의견이 있는 건 아니지만, 요즘 독일에서도 하이브리드에 대한 폭력이나 반대 시위가 거세지고 있다. 학교에서도 DNA 테스트 결과 하이브리드가 나왔다는데 그게 도대체 누구인지 캐고 다니는 무리들이 있어서 특히 바이오학부에서는 다들 조심하는 분위기다.

코리아는 어떤지 모르겠다.

반은하가 하이브리드라는 게 드러나면 안 좋은 일을 당하는 게 아닐까.

카페테리아에 앉아 이런저런 생각들을 하고 있는데 베나토가 어깨를 흔들며 다가왔다.

"표정이 왜 그래? 코리아의 자매가 아직도 수상해?"

"그런 거 아니야."

"연락해 봤어?"

"응. 네 말대로 친절하게 답장도 보냈고, 그랬더니 내게 메일이 또 왔네. 할 말이 많은가 봐."

"당연하지. 존재조차 몰랐던 가족을 만났는데 하고 싶은 말이 얼마나 많겠어? 언제 코리아에 가야지? 아님 그쪽에서 올 계획인가?"

베나토는 게이인데 특유의 감성과 약간의 호들갑을 지녔지만 순수하고 선한 사람이다.

"그것보다 그때 우리 학부 DNA 테스트 결과 말이야. 하이브리드가 누구인지 알고 있어?"

베나토가 갑자기 목소리를 확 낮추면서 대답했다.

"하이브리드? 아니. 몰라."

"한 명 나왔다는 건 사실인가?"

"그럴걸? 갑자기 그건 왜?"

베나토라면 이런 얘기를 해 봐도 될 것 같다.

"하이브리드래. 코리아의 자매님이."

"앗, 정말?"

"아빠한테는 몰랐던 딸이 있다 하고, 자기는 하이브리드라 하고. DNA 테스트 때문에 머리가 복잡해졌나 봐."

"그렇겠네. 코리아는 많이 위험하진 않은가?"

"잘 모르겠어. 조심하라고 말해 줄까 싶기도 한데 너도 내 성격 알잖아. 갑자기 나타난 자매와 너무 깊숙이 연결되는 게 부담스러워. 알아서 할 테니 모른 척하고 싶기도 하고, 뭐, 그러네."

"무슨 소리야. 갑자기 나타났는데도 자매라고 하니까 너도 지금 신경 쓰이는 거잖아. 하이브리드라는데, 힘이 돼 줘야지."

초롱초롱한 눈망울의 베나토를 보니 왠지 웃음이 났다.

"폴란드에 있는 네 동생은 좋겠다. 너 같은 오빠가 생겨
서."

베나토가 쑥스러움과 자랑스러움이 섞여 있는 얼굴을 하
고 어깨를 으쓱 하며 웃었다. 베나토의 밝은 표정은 그때가
마지막이었다.

그날 저녁 학교를 나서던 베나토는 얼굴에 복면을 쓰고 스
쿠터를 타고 몰려온 무리들에게 끌려가 정신을 잃을 때까지
폭행을 당했다. 다음 날 아침 출근하던 직원 하나가 학교 중
앙 분수대 옆에 버려지다시피 쓰러져 있는 베나토를 발견했
다. 곧장 병원으로 옮겼는데 코뼈가 무너지고 한쪽 눈이 실명
위기에 처했지만 처참한 몰골에 비해 생명에는 지장이 없다
고 했다.

사흘이 지나 의식이 돌아왔다는 소식을 듣고 병원에 찾아
갔을 때 베나토는 내 목소리만 듣고서도 공포에 질린 표정으
로 간신히, 그러나 꽤 분명하게 의사 표현을 했다.

"베나토. 나야. 에마."

"돌아……가…… 어서."

"왜 그래?"

"……하이브……리드……."

아아, 그날 카페테리아에서 베나토와 내가 나누는 대화를 누가 엿들은 건가. 빈 쟁반을 들고 괜스레 우리 주변을 왔다 갔다 하던 사람이 있었던 것 같은데, 누구였더라? 하이브리드라는 단어만 듣고서 베나토라고 잘못 짚은 것인가.

이제 베나토에 이어 나도 공격당하는 게 아닐까. 갑자기 몸이 떨리고 주변 사람들이 다 의심스럽다.

그날 이후로 며칠이 지났는데 더 이상 아무 일도 없었던 걸로 보아 나는 타깃이 아닌 것 같다. 그렇다면 베나토만 사고를 당한 거구나, 바로 나 때문에.

지금 나에게 가깝고 소중한 사람은 코리아의 반은하가 아니라 여기 이곳에 있는 내 친구 베나토다. 그런데 나 때문에 베나토가 이런 일을 당하다니 어떻게 사죄를 하고 이 사태를 수습하면 좋을지 모르겠다. 지금 내가 베나토를 위해 할 수 있는 게 뭘까.

DNA가 뭐라고, 하이브리드가 뭐라고, 이런 일이 생기는 건지.

초파리보다 멍청한 놈들 같으니라고.

미안하고 안타깝고 속상한 마음이, 동시에 화가 나고 억울
한 마음이 솟구쳐 올랐다.

하이브리드라서 죄송합니다, 젠장.

# 먼 나라의 뉴스

—

반은하

하이브리드라는 걸 고백한 뒤로 에마 언니에게서 아무 소식이 없다.

경솔했던 건지도 모르겠다. 에마 언니가 친아빠에 대해 별로 신경 쓰지 않는 쿨한 성격인 것 같아서 마음에 들었고, 멀리 독일에 있으니 실제로 만나게 될 가능성이 낮은 것을 오히려 편하게 여겨 너무 쉽게 아무 얘기나 다 털어놨다.

생물학 전공이라 할 때부터 알아봤어야 하는데.

DNA보다도 마음이라느니 어쩌구 하더니만 사실은 외계인 하이브리드 같은 건 다 없애야 한다는 과격분자였나 보다.

당장 달려와 내 목을 조를 수 있는 형편이 아니라서 '더러운 하이브리드 새끼' 욕하면서 연락을 끊기로 한 거다.

다행이군. 나도 에마 언니에 대해서는 모든 것을 그냥 지워 버리겠다. 잘됐다.

그러다가 뉴스를 하나 봤다.

최근 들어 유럽에서 하이브리드를 찾아내 공격하는 사건이 잦아지고 있는데, 얼마 전 독일의 한 대학에서 비슷하면서도 다소 결이 다른 폭행 사건이 일어났다고 했다.

독일 동부의 명문대학에서 베나토 레르쉬라는 학생이 DNA 테스트를 통해 폴란드에 있는 배다른 여동생을 찾게 됐는데, 본인도 아니고 여동생이 하이브리드라는 이유로 교내에서 알 수 없는 무리들에게 폭행을 당했다는 내용이었다.

당사자가 아닌데도 엄청난 폭행을 당한 이 사건을 두고 유럽에서는 하이브리드에 대한 공격이 한 단계 진화한 것이라고 했다. 얼굴 형태를 알아보기 힘든 끔찍한 사진과 함께 잘생긴 금발 미남인 베나토 레르쉬의 원래 얼굴도 나왔다.

DNA 테스트로 하이브리드 동생을 찾게 된 게 에마 슈미트 말고도 또 있었나 보다.

이런 분위기라면 에마 언니가 나를 손절하는 것도 이해 못

할 것은 아니지.

하이브리드라서 죄송합니다, 젠장.

"세상의 모든 존재가 자기 자신에게는 다 별일이야.

하이브리드라고 대단할 건 없어."

# 공격 개시
—

이수정

**반은하의 아버지 반진택에게 익명으로 편지를 보냈다.**

죽은 당신 부인과 당신 딸이 하이브리드라는 걸 알고 있다. 이
도시를 떠나라. 인구수가 많지 않고 산업도 발달하지 않은 쇠
락한 곳, 깊은 산골, 아무도 모르는 동굴, 시퍼런 바다 끝으로
가라. 눈속임이나 하려고 멀지 않은 곳으로 이사만 하는 정도
라면 얼마든지 알아낼 수 있다. 가까운 곳에서 항상 너희를 지
켜보고 있다. 원래 하이브리드는 눈에 띄지 않게 따로 모여 살
아야 하는 법이었다. 점잖게 충고할 때 조용히 사라지지 않으

면 어쩔 수 없이 일을 시끄럽게 만들어 주겠다.


　대충 이런 내용이었다. 언니 언니 하면서 달라붙는 반은하를 불쌍히 여겨 미리 힌트를 주는 아량을 베푼 것이다. 그런데 이 아저씨, 간이 부은 건지 다른 꿍꿍이가 있는 건지 아무 움직임이 없는 것 같다. 뭐, 예상은 했었다.

　"은하야, 요즘은 어떻게, 별일 없이 지내고 있어?"

　"별일? 내 존재가 별일인데 뭘."

　"세상의 모든 존재가 자기 자신에게는 다 별일이야. 하이브리드라고 대단할 건 없어."

　자기들이 우주의 중심이라도 되는 듯 유난 떠는 꼴이 보기 싫어서 가시를 품고 한 말이었는데 위로라도 해 준 줄 아는지 고맙다고 한다.

　하여튼 끝까지 자기 좋을 대로 해석하는군.

　밥맛없는 하이브리드.

　너희들의 머리를 꾹꾹 밟아 지하 깊이 처박아 주마.

　"고마워. 근데, 에마 언니한테는 얄짤없이 까였고. 김조선하고는 점점 얘깃거리가 사라지고 있고. 그러니 조용히 살고 있는 중이야. 누워 있다가 허리 아프면 엎드려 있는 식이랄까. 크크."

"그렇구나. 아빠하고는 별 얘기 안 해 봤고?"

"아빠하고 뭔 얘기를 해?"

"아니, 그냥, 집에서는 어떻게 지내나 싶어서."

"집에서도 조용히 지내고 있어. 아빠하고는 원래 별 얘기 안 했고, 요즘은 서하하고도 얘기 많이 안 해. 서하도 하이브리드였는지 물어봤는데 기집애가 가르쳐 주질 않잖아. 애가 항상 그래, 결정적인 건 말을 안 해."

본인이 하이브리드라면 그 동생도 당연히 하이브리드였겠지. 그나저나 죽은 지 십 년이 된 동생이 유일한 친구이자 대화 상대라니, 얘도 안됐긴 하다.

어찌 됐든 반은하의 아빠라는 작자가 내 편지를 농담으로 여기는 건지 그냥 넘기려는 모양인데 나는 그럴 생각이 없다.

계획대로 2단계 돌입이다.

이번에는 학교 홈페이지와 학부모회 카페를 통해 공격에 들어갔다.

1학년 B양이 하이브리드라는데, 학교에서는 이걸 파악하고 관리하고 있는 건가. 하이브리드가 아직 어린 주변 아이들에게 어떤 영향을 끼치는지 아는 것이 없는 상황에, 이대로 방관만 하고 있을 수는 없다. 외계인으로부터 지구의 아이들을 지켜야 한다. 애초에 그들은 자기네끼리 외따로 모여 사는 곳이 정해져 있었다. 그게 무슨 까닭과 의미였는지 우리는 깊이 생각해 봐야 한다.

학교에서는 조회수가 두 자리 숫자로 넘어가기 전에 게시글을 슬그머니 지워 버리는 걸로 즉각적인 반응을 보여 줬다.

병원과 반은하가 다니는 학교가 멀지 않아 간호사 중에 학부형도 있고 환자나 보호자 중에도 학부형이나 선생님들이 제법 있다. 안테나를 세우고 있었는데 어제 드디어 1층 카페 언니한테서 이런 얘기를 들을 수 있었다.

"중앙고 있잖아, 거기에 하이브리드가 있다네?"

"정말요? 누가 그래요?"

"오전에 어떤 아줌마가 저기 앉아서 전화로 떠들더라? 엊그제도 어떤 아줌마 둘이서 수군수군 얘기하는 걸 들으면서 뭔 소린가 했었거든."

"뭐라는데요?"

"그 학교 1학년 여자애 하나가 하이브리드래. 강제전학 보내고 싶은데 그럴 수는 없으니까 학부모회장이 학교하고 뭔 의논이라도 해 봐야 되지 않느냐고, 뭐 그런 얘기던데."

"하이브리드라고 강제전학 보낼 수 있나? 인권침해라고 난리 날걸요?"

"강제전학이 아니라 스스로 전학 가야겠지. 괜히 소문나면 집값이나 떨어지고 좋을 거 없는데, 그렇다고 가만히 있자니 일단은 내 새끼한테 뭔 일이라도 생길까 찝찝하고. 어휴, 우리나라도 이제 유럽처럼 시작되는 건가."

"글쎄요. 우리나라 사람들은 정이 많으니까 좀 다르겠죠. 흐흐."

"그래도, 이상한 병이라도 퍼지면 누가 책임질 거냐고."

현명하고 책임감 있는 지구인 어머니들이다.

하지만 마음이 약하고 존재의 선함을 믿는 인간들에게만 맡겨 두고 기다릴 수는 없다. 하이브리드로 인해 '이상한 질병' 정도가 아니라 아예 목숨을 잃는 것을 지켜본 사람으로서

선제공격을 하지 않을 수 없다. 여기저기 편지를 보내는 일 같은 건 분위기 조성을 위한 애교에 불과하다.

병원 지하에서 매점을 운영하는 수더분한 노처녀로 지내면서 청소하는 이모님들이나 안전요원 직원들에게도 친절하고 싹싹하게 대해 왔다. 그 결과 한 번씩 이곳저곳 주요장소들에 드나들며 필요한 서류나 약품들을 슬쩍해 올 수 있었다. 이제 그중에 일부를 요긴하게 사용할 때가 왔다.

단번에 죽여 버리려는 건 아니다. 하이브리드는 인간이 아니니까 살인이라고 하기에도 우습지만, 아무래도 완전범죄는 쉽지 않다고 생각한다. 나는 더 이상 손해를 감수할 수 없다. 최대한 안전하게 나를 지키면서 가능한 한 심하게 하이브리드를 공격하겠다. 그러니까 나는 그것들을 '죽을 만큼' 괴롭게 만드는 것까지만 해 보겠다. 그러다 죽어 버리면 땡큐고, 만약 질기게 살아남아도 배우는 바가 있겠지.

'네가 중앙고지? 이상한 소문이 들리던데. 저녁에 병원으로 와. 언니가 밥 사 줄게.'

반은하에게 문자를 보내니 잠시 후에 답이 왔다.

'언니 고마워. ㅠㅠ'

이제 반은하의 아빠는 친절한 경고를 받아들여 멀리멀리 도망가지 않았음을 후회하게 될 것이다. 아니, 어쩌면 이 아빠라는 작자, 누군가 하이브리드 딸을 처리해 주길 기다리고 있는 거 아니야? 반은하가 칭얼대며 얘기하던 게 사실이라면 반진택은 딸에게 애정이 없거나, 자기 딸이 아니라고 생각하는 것 같다.

학교와 사회에서도 배우는 바가 적지 않을 것이다. 인권이니 뭐니 하면서 망설이고 있지 말고 재빠르게 하이브리드를 경계하고 잘라 버리는 게 아이들을 지키고 보호하는 방법이라는 걸 깨닫게 되겠지.

내일이면 퍼져 나갈 새로운 뉴스가 들려오는 듯하다.

'중앙고 여학생 하나가 길에서 거품을 물고 쓰러졌다는데, 들었어요?'

'네에, 우리 아들이 도와주려고 다가갔는데…….'

'아우, 큰일 날 소리! 걔가 하이브리드라는데!'

'그러니까요. 옆에서 사람들이 붙잡고 말려서 그냥 돌아서서 왔다더라고요.'

'하이브리드가 길거리에서 분수처럼 토를 막 해 대는데,

어떤 이상한 병균이 퍼져 나올지 누가 알겠어요?! 아우, 어쩜 좋아.'

'참 걱정이네요.'

'그래서 그 아이는 어떻게 됐대요? 어느 병원으로 갔나?'

'병원에 못 갔다던데요? 그냥 집으로 간 거 같다던데요?'

'그렇지. 하이브리드가 아픈 사람들 잔뜩 있는 병원으로 가면 안 되지. 진짜 큰일 나지, 그럼.'

마지막에 가서는 내가 하이브리드 사냥꾼인 것을 반은하 앞에 드러내겠다.

사람들을 선동하고 구급차가 오지 못하게 막아서는 지구 인의 수호자.

고통과 괴로움에 몸부림치던 하이브리드 소녀는 서늘한 내 얼굴을 보고 한층 더 충격을 받게 되겠지.

그것이 내 임무의 피날레다.

이번에도 내가 한발 늦었다.

# 내가 사랑했던 여자들

—

반진택

생각해 보면 나라는 인간은 모든 게 늘 한 박자씩 느렸던 것 같다.

진지하게 사랑했던 경주. 내가 품기엔 그릇이 너무 큰 사람이라 벅차고 힘든 때가 많았지만 진심으로 좋아했던 사람. 끝내 유학을 떠나 버리고, 멀리 타국에서 아이를 낳아 혼자 키우며 공부도 거뜬히 해내고 있다는 소식을 들었을 때 어떻게든 다시 연락하고 찾아가려 했다. 하지만 간신히 결심을 하고 준비를 마쳤더니 이번엔 결혼 소식이 들려왔다. 인연이 아닌 거라며, 잊어버린 듯 사는 게 경주와 아이를 위해서 내가 할 수 있는 가장 좋은 일이라고 생각했다.

잊어버린 듯 살았지만 정말로 잊어버렸던 건 아니어서 마음 한쪽이 공허하고 언제나 그늘 속에 앉아 있는 것 같았는데 나하고는 또 다른 공허함을 안고 살아가는 듯한 여자를 만났다. 에너지가 넘치고 조금은 악착같은 성격이었던 경주하고는 많이 다른 스타일이었다.

사람이 많은 가운데에 있어도 혼자 있는 것처럼 보였고, 혼자 있어도 자기 세상은 가득 차 있는 것처럼 보이는 사람이었다. 아무것도 꽉 쥐려 하지 않고 늘 손을 풀고 있는 사람 같았다. 고독해 보였지만 약해 보이진 않았고, 가진 게 없는 것 같은데 부러워하는 것도 없어 보였다.

데이트라고 하기에도 살짝 애매한 몇 번의 만남 끝에 하루는 헤어지는 길에 갑자기 나를 불렀다.

"반진택 씨."

성량은 작지만 울림이 있는 목소리였다.

"사실은 제가, 하이브리드입니다."

그때 나는 하이브리드가 정확히 어떠하다는 것도 잘 모를 때였지만 이 여자가 나를 믿고 심각한 비밀을 털어놓았다는

데에 감격했다. 동시에 조금 놀라기도 했다.

"그런 얘기를 이렇게 길에서! 누가 들으면 어쩌려고 그러세요?"

다급하게 말하는 나를 보며 진이는 처음으로 조금 웃었다. 웃으니까 많이 예뻤다.

이후에 연애를 하고 결혼을 하기까지의 모든 과정이 말도 안 되게 순탄하고 자연스러웠다. 진이가 하이브리드라는 것은 가족, 친구 누구에게도 말하지 않았다. 진이와 나 둘만 있을 때에도 '하이브리드'에 대한 얘기는 하지 않았다.

아무도 모르게 나 혼자 하이브리드에 대해 정보를 찾아본 적도 있고 막연한 두려움이 느껴진 적도 없지는 않았다. 하지만 웬일인지 그 주제에 대해 깊이 생각하고 고민하는 게 부질 없게 느껴지고 머리에 떠오르는 순간 얼른 털어내 버리게 되었다. 외국인이나 장애인, 또는 같은 성별의 사람을 사랑하는 경우도 있지 않나. 하이브리드는 아무것도 아니라고, 그렇게 마음을 정리했다.

하지만 결혼 후 생각보다 빨리 첫째 은하가 태어났을 때에는 뭔가 혼란스러웠다. 이 아이도 하이브리드인데, 진이가 그랬던 것처럼 이 세상 속에서 단단하고 굳세게 잘 성장할 수 있을지, 내가 그렇게 키울 수 있을지 부담스러웠다. 하이브리드에 대해서는 언제 어떤 방식으로 알려줘야 하는지도 잘 모르겠고, 그냥 모든 게 갑자기 다 자신 없었다.

지금 돌아보면 그때 내가 조금은 '산후우울증' 비슷한 상황에 빠져 있었던 게 아니었나 싶다. 하이브리드 아내에 하이브리드 딸까지 생기니 뭔가 설명하기 어려운 압박감이 있었던 것 같다. 그러다가 곧이어 서하가 태어나면서 그제야 현실을 받아들인 건지 안정감이 생겼고, 일도 바빠져 정신없이 살았다.

은하와 서하가 아직 꼬맹이였던 그 시절이 내 인생에서 가장 행복했던 시기였던 것 같다. 늘 바빴지만 시간이 나면 네 식구 함께 근교에도 나가고 사진도 많이 찍었다.

나하고 진이, 은하는 거의 비슷한 성향의 사람들이어서 조용하고 표현이 많이 없는 편인데 서하만 활발하고 고집 피우며 울기도 잘하고 금세 깔깔깔 웃기도 잘했다. 서하가 있어서 집안이 활기차고 시끌벅적했다. 그래서 서하가 치료도 제대로 받아보지 못하고 급작스레 죽게 되자 오랫동안 제정신을 차릴 수 없었다.

몇 년을 어떻게 살았는지 알 수도 없는 상태로 지내다가 간신히 정신을 추스르고 보니, 내가 그동안 진이도 은하도 버려두고 있었다는 걸 알았다. 나만 힘든 게 아니었는데 남편이고 아빠라는 사람이 이렇게 나약할 수가 있나. 뒤늦게 아내를 챙기고 하나 남은 딸을 돌보려고 했지만 이미 그들은 자기들 나름대로 살아가는 방식이 있었다.

가족이라 해도 멀어진 마음을 이어 붙이는 데에는 시간이 필요하다는 걸 알게 됐다. 후회되는 일이 많았지만 어쩔 수 없었다.

그러다 진이마저 병원에 누워 있게 되었을 때. 이번에도 너무나 힘들었지만 가장으로서 정신을 차리려고 노력했고 결단을 해야 할 부분도 있었다. 사실 병원에서도 뭔가 이상하다는 걸 알고는 있었다. 하지만 워낙 진이의 모든 장기가 거의 기능을 멈춘 상태여서 정확하게 무얼 측정하는 게 어려웠던 것 같다.

"아내분의 체질이랄까 여러 가지가 일반적이지가 않습니다. 저희에게 도움이 될 만한 사항을 말씀해 주실 게 없을까요?"

이 사람은 하이브리드니까 새롭고 실험적인 방법으로 무엇이든 시도해 보라고 말해 준다면 은하에게는 어떤 일이 닥치게 될까. 진이가 이렇게까지 스스로를 망가뜨려 버린 건 서하와 나 때문이었다.

진이가 원한다면, 그리고 하늘의 뜻이 있다면 진이는 회복될 수 있을 거라는 생각이 들었다. 지금 상황에서 최우선으로 지켜야 할 건 은하라고 결론 내렸다.

"병원에서 모르는 걸 제가 어떻게 압니까?"

어쩌면 진이가 원하는 건 은하를 나에게 맡겨 두고 자신은 서하에게 가는 것이었나 보다.

그렇게 진이는 지구를 떠났다.

예전에 내가 진이를 처음 만났던 시절보다 세상이 많이 바뀌었다. 하이브리드라는 게 알려지면 심각한 위험에 빠질 수도 있다. 그렇다고 언제까지 은하에게 아무 말도 안 해 줄 수는 없다. 이제 나 혼자 은하를 어떻게 지키고 키워서 세상으로 내보내야 할지 궁리가 많았다.

그런데 이번에도 내가 한발 늦었다.

은하는 스스로 하이브리드에 대해 알아냈다.

처음에는 매점 아가씨 때문인 줄 알았다. 진이의 병실 앞을 얼쩡거리는 걸 몇 번 목격한 이후 (이런 방식을 좋아하진 않지만) 사람을 구해 알아본 결과 매점 아가씨는 평범한 매점 아가씨가 아니었다. 은하에게 친근하게 다가간 것도 다 이유가 있었다.

하지만 하이브리드에 대해 알아낸 건 은하 스스로 해낸 일이었다.

은하는 어릴 때부터 혼자 조용히 비밀 놀이하는 걸 좋아하는 아이였다. 걱정스러운 면도 많았지만 남다른 특별함이 보여 은근히 기특하기도 했다. 내가 어른이고 아빠라는 것 말고는 그 아이보다 나은 점이 하나도 없었다. 그만큼 은하가 미더웠다.

어쩌면 은하가 어른이 될 때까지 내가 옆에서 적당히 뭉개고 있노라면 우리는 그럭저럭 큰일 없이 살 수도 있지 않을까, 대충 괜찮지 않을까, 낙관적으로 생각하고 싶었다. 그렇지만 아니었다. 다시 한번 크게 후회할 일을 만들 수는 없다.

내가 평생에 걸쳐 사랑했던 여자가 몇 안 되는데 이제 남은 건 은하뿐이다.

우주가 나에게 보내 준 내 딸 은하.

은하가 지구에서의 삶을 안전하고 행복하게 이어 가기 위해 이제 나는 달려야 한다.

"……내가 하이브리드라서 보내 버리는 거잖아, 그치?"

# 그래도 아빠 딸

—

반은하

똑똑. 노크를 하더니 아빠가 방문을 열고 들어오지는 않고 문 앞에 우뚝 서 있기에 침대에 엎어져 있다가 끙차, 몸을 일으켰다.

평생 그런 일이 없더니만 아까는 수업이 끝나기도 전에 문자를 한 거다, 아빠가.

'학교 끝나고 곧장 집으로. 아무 데도 들르지 말고 아무에게도 연락하지 말고 곧장 집으로.'

대체 이게 무슨 말인지 몰라 '뭐? 왜?' 물었더니 '아빠도 지금 집으로 간다' 이렇게만 답이 왔다. 기분이 이상해서 순순히 집으로 갈까 하다가 '수정 언니만 잠깐 만나고. 저녁 먹고 계셔' 답을 하고는 병원으로 갔다.

병원 1층에서 지하로 내려가는 에스컬레이터를 타려는 순간, 누군가 뒤에서 나를 확 잡아당겼다. 하도 갑자기 목 뒷덜미를 낚아채듯 잡아당겨서 엉덩방아를 찧을 뻔하다 겨우 중심을 잡고 돌아보니 아빠가 식식거리며 가쁜 숨을 내쉬고 있다.

"아우, 왜 이래? 자빠질 뻔했잖아."

"집으로 곧장 가라니까 여긴 왜 왔어, 오기는! 어휴, 숨이야. 헉헉."

뭐야, 왜 저래?

몰아넣듯 차에 태워 집에 오더니만 치킨이나 시켜 놓고 별말도 없이 뜯어 먹기에, '아니 치킨 먹고 싶어서 빨리 오라 했나' 어이가 없었지만 일단 같이 뜯었다. 배가 불러 방으로 와서 드러누워 있는데 이번에는 또 갑자기 방문 앞에 서서 심각한 표정으로 나를 노려보고 있다.

뭐야. 뭔 얘기를 들었나?

학교에서 무슨 연락이라도 받았나?

소문만 무성하지 나에게 뭔가 말을 꺼낸 사람은 아직 아무도 없었는데.

누가 나한테 하이브리드니 뭐니, 무슨 말을 하든 말든, 입은 지퍼처럼 꾹 잠그고 아무 표정도 없이 돌처럼 벽처럼 가만히 있으리라 작정하고 있었다.

어차피 그동안에도 투명인간 같은 존재였으니 얼마 동안만 버티면 지나갈 거다. 그러다가 졸업하고 성인이 되면 대학이든 취직이든 독립하여 혼자 살아갈 수 있도록 하겠다. 수정 언니처럼 밝고 씩씩하게.

그러다 보면 다 살길이 열릴 거라고, 너무 힘들게 생각 말자고 혼자서 마음을 다잡고 있었다. 내가 원래 정신승리로 살아온 인생 아니냐.

그런데 아빠가 뜻밖의 말을 해서 내 마음을 뒤흔들어 놓았다.

"에든버러 갈래?"

워낙 앞뒤가 없는 이상한 말이라 눈만 둥그렇게 뜨고 아빠를 올려다봤다.

"아빠가 생각을 해 봤는데, 이사를 가거나 전학을 가는 정도로 해결될 일이 아닌 것 같아."

"……뭐가?"

아빠는 아무 말도 안 하고 가만히 나를 노려봤다.

아니, 노려본 게 아니라 조금 슬픈 눈으로 바라본 것 같기도 했다.

순간 아빠가 모든 걸 다 알고 있다는 걸 깨달았다.

아아, 그랬구나.

"……근데 웬 에든버러?"

"거기 네 이모가 살잖아. 지난번 엄마 장례식 이후로 몇 번 연락했었는데 너를 보내라 하더라고. 일단 고등학교만이라도 거기서 마치고, 그다음엔 너도 성인이니까 그때 가 봐서 네가 결정하면 되지."

"뭘 결정해?"

"어디서 어떻게 살지."

내가 아는 대부분의 아이들은 자기 인생에 대해 스스로 결정을 한다기보다는 그저 주어진 상황 속에서 별생각 없이 흘러가는 것 같았다. 하지만 나는 지구에 기생하고 있는 하이브리드니까 어디에서 어떻게 살아갈지 고민을 하고 결정해야 한다. 아빠가 모든 걸 알고 있다 해도 그 부분은 도와줄 수가 없는 거다.

우선 그전에 확인하고 싶은 게 하나 있다.

"나만 보내겠다는 거지? 아빠는 여기 있고."

"처음엔 같이 가 봐야겠지. 가끔 만나러도 갈 거고. 근데 아빠는 여기 일이 있잖아. 유학생 기르려면 더 부지런히 일해야 된다고. 알아? 흐흐."

아빠가 웬일로 농담을 다 한다. 하지만 나는 꼭 할 말이 있다.

"⋯⋯내가 하이브리드라서 보내 버리는 거잖아, 그치?"

진짜 내가 하고 싶었던 말은, 내가 아빠 딸이 아니라서, 나를 사랑하지 않아서 보내는 거 아니냐고, 그거였지만 차마 입 밖에 내는 게 쉽지 않아 부드럽게 표현했다. 그런데 반진택 씨가 웬일로 내 마음을 읽었는지 제법 정확하고 깔끔한 답변을 내놨다.

"하이브리드건 뭐건 너는 내 딸이야."

그러더니 한 마디를 덧붙였다.

"서하는 하늘나라 갔으니까, 지구에서 내 딸은 너 하나뿐이야, 반은하."

'하나뿐인 건 아니랍니다. 독일에 아주 똑똑한 딸이 하나 더 있어요.'

그래도 아빠의 마지막 한 마디가 오랫동안 억눌러 왔던 내 눈물샘을 터뜨리고 말았나 보다. 눈물콧물을 줄줄 흘리고 있는데 아빠가 조금의 표정 변화도 없이 무심한 얼굴로 말했다.

"에든버러 갈 거야. 준비해. 아, 그리고 매점 아가씨하고 이제 연락하지 마."

"수정 언니? 왜?"

"하이브리드 안 좋아한대."

"수정 언니가? 아니야, 그런 사람 아니야."

"아빠 말 들어. 위험한 사람이야."

그러더니 다시 문을 닫고 나가 버렸다.

수정 언니가 나쁜 사람이라는 말은, 내게 하나뿐인 아빠 딸이라고 한 말보다 더 나를 어리둥절하게 만들었다.

아빠가 수정 언니를 잘 아나?

병원에 오래 들락거렸으니 알기는 알겠지. 장례식 때에 보면서 나하고 친하다는 것도 알게 된 것 같다.

그 정도 말고 아빠가 수정 언니에 대해 아는 게 뭐가 있다고? 수정 언니한테 전화라도 해 볼까?

그러고 보니 아까 병원에서 갑자기 아빠한테 납치되어 집으로 오느라 언니한테 연락도 못 했다. 확실하게 약속을 한 건 아니지만 그래도 내가 올 거라고 생각하고 있을 텐데. 언니 문자 내용을 보니, 아마도 우리 학교에 하이브리드가 있다는 소문이 병원까지 퍼진 것 같다. 나한테 직접적으로 무슨 일이 생긴 건 아닌지, 힘들지는 않은지 염려가 되어 연락 줬을 텐데.

전화기를 열어 언니 문자를 다시 보고 있는데, 갑자기 서하 목소리가 들렸다.

"하지 마."

오랜만이다.

김조선, 그리고 에마 언니와 조금은 열의를 가지고 연락을 주고받던 시절에는 서하하고 좀 뜸했었다. 그러다가 김조선한테는 내가 먼저 흥미가 떨어졌고, 에마 언니는 그쪽에서 나를 손절했다. 그러고 나서 다시 서하를 찾았는데, 어쩐지 애 반응이 예전 같지 않았다.

물론 나도 좀 그렇긴 했다. 외롭고 아쉬울 때만 서하를 찾는 것 같아서 미안하다고 해야 하나, 쑥스럽다고 해야 하나, 하여간 좀 그런 마음이 없지 않았다.

그래도 내가 세상에서, 지구에서 어떻게 살고 있는지 잘 알면서, 그 정도 이해도 못 해 주나.

그러다가 갑자기 생각났다.

예전에도 한 번 머리를 때리고 가슴을 때리도록 생각했던 것인데 다시 한번 생각이 났다.

서하는 죽었다.

서하가 나를 이해할 게 아니라, 내가 서하를 이해해야 한다.

서하는 죽어서 지구에는 없는 존재라는 것을.

지난번에 이런 깨달음이 왔을 때에는 조금 충격이었는데, 이번에는 약간 기분이 좋기도 했다. 그러니까 내가 정신병자는 아니라는 생각이 들어서였나.

어쨌든 나는 이제 마지막으로 하나만 물어보고 서하를 보내기로 했다.

"너도 하이브리드였어?"

그런데 서하는 애매한 미소만 지으며 아무 말도 안 했다.

죽었는데 그거 좀 말해 주면 어때서 괜히 신비 콘셉트야. 흥.

그때부터 이제 '죽은 서하'하고는 더 이상 친구 먹지 않으려고 노력했다. 그랬는데 아주 오랜만에 서하가 먼저 나타나서 내게 말을 걸고 있는 거다.

"하지 마, 연락."

"왜?"

"하이브리드 싫어해."

"아니야. 아빠가 잘못 안 거야. 오늘도 나 밥 사 준다고 오라 했었다니까."

"거짓말이야."

"뭐가?"

"너도 알잖아."

얘가 또 시작이다. 애매한 표정으로 사람 쳐다보면서 애매한 말만 한다. 내가 뭘 안다는 거야? 수정 언니에 대해서?

수정 언니는 엄마 장례식 때 나를 지켜준 유일한 사람이었다. 내가 '그놈의 하이브리드' 때문에 골치 아플 때마다 내 얘기를 들어주고 위로해 준 사람이었다.

하지만.

나는 또 알고 있다. 수정 언니가 이상한 명단이 적힌 수첩을 갖고 다니는 걸.

거기에 엄마 이름과 내 이름이 적혀 있으며, 엄마가 병원에 입원한 순간부터 돌아가실 때까지의 자세한 상황들과 의료상의 전문적인 내용들이 빼곡히 적혀 있는 것을. 마지막에는 엄마 이름 옆에 물음표와 함께 빨간색으로 'end'라 쓰여 있었다. end. 내 이름 옆에는 신상명세와 기타 정보들, 그리고 'hyb'라고 쓰여 있었다.

우리 말고도 스무 명 가까운 사람들이 더 있었는데 대부분 'hyb'였고, 빨간색 'end'가 쓰여 있는 사람이 너댓 명 정도, 물음표가 그려진 사람들도 몇 명 있었다.

하이브리드를 수집하고 관리하는 사람인가, 수정 언니는?

심심풀이로?

아니면 내가 모르는 목적이 있어서?

처음에 그 수첩을 우연히 보게 되었을 때 나는 눈앞이 하얘질 만큼 놀랐었다. 예전에 하이브리드 가족이 있었다더니 뭔가 알아보고 있는 건가? 그런데 나에게 이런 얘기는 일절 없었는데. 뭐, 사람들은 다 남이 모르는 비밀도 있고 혼자만의 취미 활동 같은 것도 있는 거지. 나는 그냥 넘어가기로 했다. 꼬치꼬치 따져서 진실을 알게 되는 게 나는 이제 무섭고 피곤했다.

아빠와 서하가 말하는 게 이런 건가.

나는 별로 신경 쓰지 않을 수 있는데. 수정 언니는 나에게 친구가 돼 준 사람인데. 멀쩡하게 대화라는 것을 나눌 수 있는 유일한 사람인데. 내 팔자에는 '친구나 가까운 사람'이 존재하지 않는 건가.

그래, 어차피 인생은 혼자 가는 것이지. 젠장.

서하를 향해 얼굴을 돌렸지만 시선은 바닥을 향한 채 무심하게 말했다.

"알았어. 고마워."

'그리고. 이제 나타나지 마. 앞으론 너 찾지 않을 거야.'

마지막 말은 하지 않았다. 말하지 않아도 서하는 다 안다.

웃음과 사랑이 부족한 지구인,

이기적이고 독한 기운만을 내뿜는 지구인이 사라지면

코미디의 가치를 아는 하이브리드가

지구를 지켜 나갈 것이다.

# 마치며

—

민박집 광고 겸 작가의 말


이제야 밝히는 것이지만, 이 글을 쓰고 있는 나는 에든버러 외곽 '핸드옵갓'이라는 동네에서 '둥글둥글 민박', 영어로는 'b&b메리고라운드'를 운영하고 있는 반은하의 이모다. 오래전 한국에서 『우주 소녀 톰톰』이라는 괴상한 소설 하나를 발표한 적이 있긴 하나 기억하는 사람은 거의 없을 테고.

반진택 씨의 직장 형편이 갑자기 바빠지게 되어 반은하가 한국에서부터 열다섯 시간이 넘게 혼자 비행기를 타고 에든버러에 온 지도 석 달이 넘었다.

은하가 잘못 알고 있던데, 나는 은하의 친이모가 아니다.

형제가 없는 은하의 엄마 진이와 친자매 같은 사이이긴 하나 정확히는 절친이다.

"절친이요?"

"베스트프렌드라고."

"아하, 베프. 우리 엄마한테 베프가 있었다니."

"너는 베프 없어?"

은하는 한참 동안 고민을 하는 듯하더니 그냥 '히잉—' 웃었다.

한국에서 고등학교 1학년 한 학기를 거의 마치고 왔지만 이곳에서는 9월에 새학기가 시작되니 그냥 새로 고등학교에 입학하기로 했다. 아무래도 영어가 익숙지 않을 테니 수업 내용 따라가는 게 버겁지 않을까 싶었는데 한 달 정도 지나고부터는 그럭저럭 해 나가는 것 같았다.

"알아듣는 건 눈치로 대충. 말하는 건 과묵한 소녀 콘셉트."

하긴 에든버러 같은 시내도 아니고 완전 시골이라서 학교 수업만 끝나면 동네를 뛰어다니며 노는 애들이 대부분이다. 동네에서 하나뿐인 도서관에 들락거리는 것도 은하가 제일 열심인 것 같다. 수준 높은 한국에서 왔으니 눈을 낮추는 게 어렵지, 적응하는 데에 큰 어려움은 없을 거다. 안 그래도 코리아에서 왔다 하니 'BTS의 나라'라고 모두 반가워했다며, 제 아빠와 통화하는 걸 들었다.

은하 아빠 반진택 씨야말로 과묵한 사람이라 나하고 통화할 때에도 은하를 걱정하는 얘기 따위는 전혀 하지 않았다. 대신 이런저런 이유를 갖다 붙이며 약속한 금액보다 조금씩 넉넉하게 입금하는 것으로 자신의 마음을 표현하고 있었다.

요즘 은하는 아침마다 버스로 20분이 넘는 길을 자전거로 15분에 끊어 가며 학교에 다니고 있다. 최근에는 새로 사귄 친구들을 따라 코미디 클럽에도 들어가 뭔가 분주하다.

"코미디 클럽에서는 뭘 해?"

"연극, 무용, 체조, 하여간 온갖 걸 다 배워요."

"코미디 클럽에서?"

"코미디야말로 최고급 종합예술이래요."

이쯤에서 뜬금없지만 잠시 '둥글둥글 민박'에 대해 홍보를 좀 하자면.

핸드옵갓은 에든버러 시내에서 30킬로미터 정도 떨어진,

스코틀랜드의 조용한 농경 도시이다. 에든버러 관광을 목적으로 하는 사람이라면 굳이 찾아오지 않을 만큼 아무것도 없는 곳이다. 그런데 멀지 않은 곳에 '순례자의 길'이 외국 어느 티비에 방송된 이후로 가끔씩 배낭을 짊어진 '진짜로' 과묵한 손님들이 찾아오곤 한다.

나는 십여 년 전에 에든버러 관광을 왔다가 칙칙하고 황량한 분위기의 에든버러에 홀딱 반해서 정착하게 되었다. 시내 쪽의 레스토랑 카페에서 오래 일하며 지내다가 삼 년 전 우연히 여기 'b&b 메리고라운드'에서 며칠 지낸 인연으로, 처음 에든버러에 정착할 때처럼 깊은 생각 없이 인수해 버렸다.

에든버러가 어두운 회색 같고 음습하면서도 다소 거대한 느낌을 준다면 이곳 핸드옵갓은 메마르긴 했지만 따스한 황토색 같으면서 설명하기 어려운 평화로움이 있다. '신의 손바닥'이라는 지역 이름을 생각하면 더 의미가 깊어지기도 한다. 에든버러처럼 뾰족한 성이나 높은 건물도 없이 모든 게 나지막하고, 사람들도 어렸을 적 읽었던 외국동화에 나오는 할머니 할아버지들처럼 수줍고 다정하고 소박하다.

'b&b 메리고라운드'는 그야말로 하룻밤 잠잘 곳과 투박한 아침식사를 제공하는 쉼터 같은 곳이었다. '둥글둥글 민박'이라는 한글 간판 하나 더 갖다 붙이면서 주방이나 화장실 몇 군데만 좀 고치고 내용은 크게 바뀐 것 없이 비슷하게 유지하고 있다.

1층에는 주방과 식당, 공용 거실이 있고 내가 쓰는 화장실 딸린 방 하나. 2층에는 방 세 개와 공용 욕실, 그 위에는 서재로 쓰는 다락이 있다.

마당이라고 부르기에는 다소 민망한 조그마한 공간도 있는데 캠핑용 의자 두 개를 펼쳐 놓았다.

은하가 2층의 작은 방 하나를 쓰게 되어 현재로서는 방 두 개짜리 소박한 민박집이 되었다. 원래도 방 세 개가 모두 차는 경우는 거의 없었기에 별 상관없다.

나는 코리아에서 태어나 삼십 년 가까이 살았고 이후 십여 년이 훌쩍 넘는 세월 동안 여러 나라를 돌아다니며 살았다. 그중에서 에든버러는 특별히 내 취향에 맞아떨어지는 곳이다. 하지만 레스토랑, 카페 일에 조금씩 지쳐 가고 있었는데 헐렁하고 자유롭게 민박집을 꾸려 가면서 다시금 글을 써 볼 생각에 새롭게 에너지가 채워지고 있다.

에든버러 외곽 도시 핸드옵갓을 방문하신다면 '둥글둥글 민박'을 찾아주세요.

고급스럽진 않지만 청결한 침구에, 맛있지는 않지만 담백한 식사를 제공합니다.


정직한 홍보는 이쯤 해 두고.

진이는 고등학교 시절부터 내 영혼의 친구였다.

진이와 나, 우리 둘 다 여자아이들의 끼리끼리 문화를 좋아하지 않고 거기에서 약간은 벗어나 있는 존재들이었다.

그래서 우리 둘이 서로 좋아하는 친구가 되었을 때에도 대놓고 말하지는 않았지만 여전히 자기만의 시간도 일정 부분 지키려는, 보이지 않는 룰이 있었다.

대신 달라붙어 있지 않는 시간에 우리는 계속해서 서로에게 쪽지나 편지를 썼다. 각자 떨어져서 상대에게 편지를 쓰는 것이, 팔짱을 끼고 화장실도 같이 가는 아이들보다 좀 더 고차원적인 우정이고 사랑이라고 생각했다.

내가 해외에 나와 지낸 지가 오래되었는데도 진이가 나를 만나러 오지도 않고, 나도 한번 놀러 오라는 말도 하지 않았던 게 어쩌면 그 시절 우리의 룰에서 비롯된 것인지도 모르겠다. 우리는 여전히 가끔씩 긴 편지를 써서 우체국에 들고 가는 사람들이었다.

진이가 하이브리드라는 것을 언제 어떻게 알게 되었는지 기억나지 않는다. 지금처럼 '하이브리드'라는 단어가 자연스럽게 입에 오르내리던 때도 아니었다.

그냥 좀 남다른 매력이 있는, 다른 별에서 온 신비한 아이라고 생각했다. 그게 진이에게 어울린다고, 그래서 이 친구가 더 좋다고 생각했던 것 같다.

티비나 여러 매체에서 '하이브리드'라는 단어가 야단법석 떠오르던 때에 난 오히려 이상한 느낌이 들었다. 내가 아는 하이브리드 친구는 그렇게나 요란스러운 존재가 아니었으니 말이다.

진이가 죽었다는 연락을 받았던 날이 기억난다.

오후에 들어오기로 예약된 손님과 점심 전에 나가기로 되어 있는 손님의 시간 차가 짧아 다소 분주한 날이었다. 모르는 번호였지만 한국에서 온 전화라 받아 보니 직접 통화를 해 본 적은 없는 반진택 씨였다.

"아내가, 진이가…… 돌아갔습니다."

죽었다거나 하늘나라로 갔다고 하지 않고 '돌아갔다'고 해서 처음엔 무슨 말인가 싶었다. 그러다가 '아!' 하면서 알아듣고 나니 어쩌면 참으로 절묘한 표현이 아닌가 싶기도 했다.

그러니까 진이는 자기 별로 '돌아간' 것이다.

전화기를 붙들고 그대로 얼마 정도 멍하니 앉아 있는데, 오전에 나가기로 되어 있는 손님이 2층에서 가방을 들고 내려왔다. 왜 그랬는지 모르겠지만, 인사를 하고 가려는 사람에게 뜬금없이 말했다.

"자매가, 돌아갔다네요, 하늘로…… 방금 전화를 받았어요."

손님이 깜짝 놀라며 다시 물었다.

"네? 자매분이 돌아가셨다고요? 한국에서 연락이 온 거예요?"

"네."

"아이고, 저런. 어떡해요? 항공편 얼른 알아보세요."

"아니에요. 안 갈 거예요."

"왜요? 여기 때문에요?"

"그것도 그렇고. 안 가도 돼요. 저는 여기에서 보내 주면 돼요."

이상한 표정으로 쳐다보는 손님을 보내고, 나는 서재의 낡은 상자 안에서 진이와 같이 찍은 오래전 사진을 한 장 꺼내 왔다. 고등학교를 졸업할 즈음, 아직은 어설프게 아가씨 흉내를 내며 카페에 앉아 아이스크림이 들어간 커피를 앞에 두고 찍은 사진이었다. 필름 카메라로 찍고 현상을 한 사진이라 조금 바래기는 했지만 립스틱을 바른 입술이 선명하게 보이는 사진이었다.

그 사진을 내가 가장 자주 들여다보는, 주방 벽의 게시판에 꽂아 두었다. 그리고 왔다 갔다 하면서 수시로 사진을 바라보았다.

늦은 오후 해질녘이 되었을 무렵.

창문이나 그 어떤 방향에서도 그럴 수가 없는데, 갑자기 그 사진 위에 옅은 오렌지 빛의 햇살 같은 광선이 어룽거렸다. 어디에서 오는 빛인지 찾아보려고 이리저리 둘러봤지만 알 수 없었다. 따스한 그 빛은 진이와 나의 얼굴 위에 한참 머물다가 사라졌다.

'그래, 잘 가라, 친구야. 나는 여기 좀 더 있을게.'

그리고 며칠 뒤, 은하 생각을 했다. 진이 딸 은하. 하이브리드 소녀.

은하가 이곳에 와서 지내는 일은 나에게 조금도 뜻밖의 사건이 아니다. 당연하고 자연스러운 일이었다.

다만 공항으로 은하를 데리러 간 첫날, 처음 본 은하의 얼굴에서 고등학교 시절 진이의 얼굴이 겹쳐 보여 혼자 속으로 '흑' 하고 숨을 들이쉬었다.

일부러 감추는 것도 아니고 그렇다고 굳이 먼저 밝힐 것도 아니지만, 하이브리드니 뭐니 하는 문제가 여기에선 크게 이슈가 되지 않을 것 같다. 수도 런던이 있는 잉글랜드는 좀 다르지만 스코틀랜드나 아일랜드에서는 아직 하이브리드 얘기가 잠잠한 편이다. 핸드옵갓은 에든버러에서도 다소 떨어진 시골이다. 하이브리드뿐 아니라 세상의 모든 카테고리에서 좀 뒤처져 있는 곳이다. 그리고 여기 사람들은 그러한 상태에 불만이 없는 사람들이다.

하지만 단지 그것 때문에 은하를 여기로 도피시킨 건 아니다.

여러 차례 반진택 씨와 통화를 하며 느꼈지만 한국에서 아빠 혼자 하이브리드 딸을 키운다는 건 쉽지 않은 일이다. 진이가 자기 별로 돌아간 상황에서 은하가 성인이 될 때까지는 내가 어느 곳에서든 울타리가 되어 주는 게 당연하다는 마음도 있었다.

하이브리드건 뭐건 모든 존재는 각기 다른 특징과 개성이 있고, 그것들은 그 존재의 장점이 되기도 하면서 동시에 단점이 되기도 한다. 신의 손바닥이라고 불리는 동네에서 소풍 온 듯 살고 있는 나에게 지구 위 각 존재의 히스토리는 흥미로우면서도 어렵게 지어진 책 한 권과 같다. 하이브리드를 포함하여 모든 생명이 죽고 사는 문제, 흥하고 망하는 문제는 창조주에게 달려 있는 것 아닐까.

그렇다면 할 수 있는 한 이웃에게 친절하며, 베풀 수 있는 대로 베풀며 사는 것이 가장 현명하고도 행복한 일 아닐까.

별에서 왔다가 이제 돌아간 내 친구 진이의 딸, 귀하게 전해진 책과 같은 이 아이를 친절과 사랑으로 감싸주고 싶었다.

"코미디야말로 최고급 종합예술이래요."

"누가 그래?"

"클럽 선배가요."

'클럽 선배'라는 말을 하는데 은하의 표정이 뭔가 야릇해지기에 나는 '아하, 좋아하는 남자 선배가 생겼나 보군. 오, 청춘이여' 하는 생각을 했다.

그런데 잠시 후 은하가 나를 똑바로 바라보며 다시 말했다.

"그 선배가, 하이브리드래요."

핸드옵갓에 하이브리드가 있었나? 내가 이 근방에서 일어나는 사건 사고, 대개 누구네 집 강아지가 새끼를 다섯 마리나 낳았다거나 누구네 집에서 파이를 구웠다거나 하는 일이지만, 모르는 게 없는데 하이브리드 얘기는 들은 적이 없었다.

"누구지? 이름이 뭔데?"

"키아누 채플린이요."

"뭐?"

"키아누 리브스하고 찰린 채플린을 합친 건데요, 원래 다른 이름인데 자기가 그렇게 정했대요."

"뭐야, 그게?"

"재밌죠? 그 선배만큼은 이름이나 별명으로 부르지 않고 다들 키아누 채플린이라고 정식으로 불러요. 어이, 키아누 채플린, 저기, 키아누 채플린 선배님, 이렇게요."

웃기는 녀석이네.

그러다 문득 깨달았다. 과묵한 소녀 반은하가 말이 많아졌군.

"너는? 너도 말했어? 하이브리드인 거?"

"아직 말할 만한 타이밍이 없어서 가만히 있었어요. 근데 그 선배도 '지구인은 코미디의 가치를 잘 모른다'는 얘기하다가 갑자기 슬쩍 밝히게 된 건데요. 그 자리에 저 말고 몇 명 더 있었는데 아무도 별 반응을 안 하더라고요."

"여기가 좀 그래. 흐흐."

잠시 뜸을 들이던 은하가 쑥스러운 미소를 지으며 말했다.

"여러모로 다, 고마워요, 이모."

정글 같은 도시를 벗어나 수더분한 시골 마을에 들어온 은하가 최고급 종합예술인 코미디를 익히며 조금씩 더 많이 웃고 점점 더 많이 빛난다.

웃음과 사랑이 부족한 지구인, 이기적이고 독한 기운만을 내뿜는 지구인이 사라지면 코미디의 가치를 아는 하이브리드가 지구를 지켜 나갈 것이다.

지구인이 멸망해도 지구는 망하지 않는다.

하이브리드가 선하고 새로운 지구인이 되어 지구를 지킬 테니.

그리고 지금 나는 그 하나의 하이브리드 소녀를 바라보고 있다.

.......................

수정 언니에게.




언니. 잘 지내고 있어요? 병원에서 계속 일하고 계시죠?

저는 '세상 끝이 아닌가' 싶은 곳으로 와서 지내고 있습니다.

처음엔 모든 게 낯설고 좀 힘들었는데, 하이브리드가 워낙

적응력이 뛰어나다 하잖아요, 어느새 그럭저럭 잘 지내고

있습니다. 제가 잘 지내고 있다 하면 언니가 화를 낼지,

다행이라고 해 줄지 모르겠네요. 다행이라며 웃어 줬으면

좋겠는데요.

언니. 언니가 저에 대해, 엄마에 대해, 하이브리드들에 대해

어떤 생각을 갖고 있는지 저는 잘 모릅니다. 하지만 언니가

저에게 어떻게 대해 줬는지, 엄마 장례식에서 저에게 얼마나

힘이 돼 주었는지, 아무도 들어줄 사람 없었던 제 얘기를

언니가 얼마나 귀 기울여 줬는지 저는 기억하고 있습니다.

이유야 무엇이었든, 속마음이야 어쨌든, 그 순간만큼은

진심이었다고 생각해요. 그렇죠, 언니?

그리고 언니. 어쩌면 언니도 저랑 시시한 얘기 나누면서 웃기도
했던 시간들을 조금 그리워하고 있을지 모른다는 생각이
듭니다. 혼자 있을 때면 어딘가 그늘져 보이던 언니 얼굴이
떠올라요. 그러다 저를 보면 갑자기 얼굴이 환해졌었거든요.
언니가 저에게 고마운 친구가 돼 줬던 것처럼, 저도 언니에게
조금쯤은 귀찮은 친구가 돼 준 게 아니었을까. 그랬다면 참
좋겠네요, 언니.

이곳에서는 '언니'라고 부르며 얘기할 사람이 없어요. 자주
만나는 이웃집 송아지 한 마리가 있는데 이름을 '언니'라고
붙여 볼까 생각 중이에요. 언니 하고 부르면 움메 하고
대답하는 거죠. 재미있잖아요?

언젠가 언니가 편한 마음으로 나를 만나러 이곳에 와 줄 수
있다면 좋겠다는 생각을 해 봅니다. 지구인, 하이브리드인,
한국인, 외국인…… 그 모든 분류를 뛰어넘어 그냥 좋은 사람,
다정한 얼굴, 반가운 포옹으로 만나고 싶습니다. 그런 날을
꿈꿔 봐요.

편지 보내도 될까, 조금 망설이기도 했지만, 인사도 없이

갑작스레 떠나 버린 게 내내 마음에 걸려 언니에게만은 소식을

전하고 싶었어요.

언니. 친구도 사귀고 취미생활도 하면서 즐겁게 지내시기

바라요. 많이 웃기 바라고요. 언니는 웃을 때 참 예뻐요.

찐따에 하이브리드였던 저에게 따뜻하게 대해 주어

고마웠어요, 언니.

아픈 곳 없이 건강하게 지내세요.


— 지구의 한쪽 구석, 신의 손바닥 안에서 반은하 보냄.

## 진짜 작가의 말

이게 '진짜 작가'가 쓰는 작가의 말입니다. 그러니까 에든 버러에서 민박집을 하면서 '하이브리드 소녀'에 대해 글을 썼 다는 책 속의 작가 말고, 진짜로 지금 이 책을 쓴 사람 말이에 요. 바로 저예요. 잇츠 미, 따란.

사실은 진짜 작가의 말 같은 건 쓰지 않으려고 했어요. 에 든버러에서 민박집 하던 시절에 우리 집에 찾아온 수상한 외 계인에 대해 쓴 글이 맞다고, 이 소설 속 '작가의 말'이 바로 내 말이라고 우기려 했거든요.

"네가 언제 에든버러에서 민박집을 했다 그래? 며칠 여행 갔던 게 전부 아니야? 외계인은 또 무슨 소리야?"

따져 묻는 친구가 있다면 이렇게 답하면 돼요.

"너무 많은 걸 알려고 하지 마. 다친다."

이때 어딘가를 아련하게 바라보며 나즈막하게 말하는 게 포인트예요. 그러면 친구가 점점 줄어들어 혼자 조용히 책을 읽고 글만 쓰며 살 수 있게 된답니다.

어쨌든 저 멀리 다른 별에서 온 존재에 대한 이야기를 끝내고 나니 기분이 좋으면서 뭔가 새로운 공부를 해 보고 싶더라고요. 작가란 뭔가 쓰는 사람이지만 저는 쓰기에 앞서 자료도 찾고 취재하는 시간(=놀러 다니는 시간ㅆ)을 더 좋아하거든요.

재미있는 게 뭐가 있을까, 찾아보던 중에 '궁궐 지킴이'라는 걸 알게 됐어요.

경복궁 같은 데에 가면 우아한 생활한복을 입고서 안내를 해 주시는 분이 있잖아요. 이 궁궐과 얽혀 있는 왕이랑 세자, 후궁들 이야기, 역사 이야기를 들려주고, 몰랐을 땐 미처 보이지 않던 궁궐의 이곳저곳에 대해 가르쳐 주는 분이요. 그런 분들을 궁궐 지킴이라고 하는데, 바로 그런 일을 할 수 있는 공부 과정이 있더라고요.

우리나라 5대 궁궐과 종묘, 사직단, 성균관, 서울 근교에 있는 수많은 왕릉 등 공부할 내용도 많고 이론과 현장학습 등할 게 많아 보였지만 마음에 꼭 들었어요.

궁궐 지킴이가 되려는 건 아니지만, 고궁 같은 데에 가거나 경주에 여행 갔을 때 왕릉 사이를 거닐면서 마음이 평화로워지고 공주였던 옛 시절이 어렴풋이 떠오르던 일이 생각났어요. 오호, 이거 맘에 드는데.

결론부터 말하자면, 2월 초에 첫 공부를 시작했으니 아직 두 달이 되지 못했는데, 그사이에 저는 놀라운 걸 깨달았습니다. 아, 내가 진짜진짜 무식한 사람이구나. 4월 말에 필기시험을 본다 했는데 나는 진심 꼴등을 하겠구나.

전생에 신라의 공주였는지 조선의 왕비였는지는 모르겠지만 일단 저는 역사 지식이 해박한 사람이 아니거든요. 오히려 역사에 큰 관심이 없는 편이었죠. 외계인 얘기는 써도 역사동화라면 감히 쓸 생각도 하지 않았던 작가입니다, 제가.

그런데 이 모임에는 세상에 처음 보는 역사 덕후님들이 다모여 있는 거예요. 평소 책이라면 역사책만 읽고 드라마는 사극만 보면서 비하인드 스토리를 막 읊어 대는 사람들 있죠. 그런 사람들이 학같이 선비같이 앉아 있는데, 저라는 역사 무식자가 시커먼 돌멩이처럼 콕 박혀 있는 꼴이랄까요. 강의 시간에 못 알아듣는 내용이 있어서 옆사람이 필기한 걸 훔쳐보니 한자로 메모를 하고 계시더군요. 한자에 약한 저는 커닝도 못 하게 됐어요. 자기소개를 하면서 경자년인지 갑자년인지 하여간 그런 때에 태어났다고 하시는 분도 있는데, 도대체 그게 언제랍니까? 대체 왜들 이러시는 거예요?!

제가 그래도 평생 살면서 어디서 뭘 하든 꼴찌를 했던 적은 없었는데(정말이에요. ㅠㅠ) 여기에선 진짜 꼴찌라는 걸 하게 생겼죠. 필기시험에서 60점이 넘어야 그다음부터 현장실습을 할 수 있다는데, 전년도 시험지를 인터넷에서 구해 살짝 풀어보니 20점쯤 나오겠더군요. 내가 좀 바보 같다는 기분이 느껴지자 자존감이 떨어지면서 공부하러 다니는 것도 피곤하고 열정이 식어 가더라고요. 그러다 문득 내가 지금 어떤 복잡한 문제로 인해 다른 별에서부터 이곳으로 잘못 떨어진 존재 같다는 느낌이 들었습니다.

아아, 이런 게 바로 지구에 살고 있는 외계인 하이브리드의 마음이구나. 헐헐헐 웃으면서도 이게 완전히 웃는 것만은 아니라 왠지 눈물이 찔끔 나오는, 그야말로 '웃픈' 마음인 거요. 어이가 없고 당황스러우며 입맛이 씁쓸하지만 농담을 하면서 헤쳐 나갈 수밖에 없는 상황이요. 혹시 이런 상황을 겪어 본 친구들이 있다면 진심으로 깊은 공감을 보냅니다. 나도 조금은 아는 마음이라고 말해 주고 싶네요.

궁궐지킴이 공부에서 꼴등을 하는 거야 사실 뭐, 심각한 일도 아니죠. 진짜 심각하고 무겁고 힘든 일을 겪은 친구들도 있을 거예요. 그런 친구들에게도 말해 주고 싶어요. 괜찮아. 다 지나갈 거야. 그러면서 배우고 성장하게 될 거야. 내일엔 좀 더 나은 내가 되어 있을 거야.

솔직히 저는 역사 얘기보다 멀리 다른 별에서 온 친구, 지구인들 사이에서 조용히 살아가고 있는 존재들에 대해 생각하는 게 더 재미있고 좋아요. 우리는 모두 다르잖아요. 하나님이 사람을 만드실 때 각자 다른 재능을 담아 주고 각기 다른 계획을 세워 두셨다 하더라고요. 그런 생각을 하면 조금쯤 힘이 나지요.

궁궐 공부 모임에서는 제가 비록 꼴등일지 몰라도 저에겐

남들이 모르는 하이브리드 친구가 있어요. 제가 에든버러에 여행 갔을 때 묵었던 민박집 옆방에 그런 소녀가 있었다니까요. 그 소녀를 잊지 않고 이 책을 써 낸 나 자신을 칭찬합니다. 여러분도 스스로를 칭찬하세요. 우리는 모두 자기 위치에서 빛나는 별 같은 존재들이니까요.